U0044525

2013-2021 *memoir*

孩子們的日常詩想

目錄

自序

孩子終於都上了小學，幼小的心靈逐漸成熟，哭鬧的次數總算減少許多。有天，我疲憊的癱在沙發上，高喊著「退休啦！」一旁剛從公司退休不久的婆婆，卻對我白眼說：「開玩笑，哪有可能退休！」

原本好不容易鬆懈的心，又瞬間一緊──

是啊，任何工作都有退休的一天，但是「媽媽」這工作卻沒有，對孩子的擔憂，與孩子緊緊相繫的心，會一直持續到生命終結的那一天吧。

我不禁想起，短短六年內，我竟寫了三本與孩子有關的作品，接下來呢？會有第四本、第五本嗎？畢竟一旦成為了媽媽，就永遠都是媽媽呀！不過，在那之前，還是先讓我喘口氣吧。

《青雪踏踏》的書名，來自我兩個小孩的名字諧音：「踏青」和「踏雪」。這是一本連我自己都完全無法想像的書，畢竟，過去我一直寫詩，出版詩集是相對可以想像的事，但像這樣如實描繪生活細節，袒露真心的文字，害羞如我，怎麼可能寫出來公諸於世呢？

或許是因為經過前兩本書的磨練，臉皮愈來愈厚了吧？

透過分享會介紹自己的詩集時，朗讀過後，我總一併介紹每首詩背後的故事，說著說著，每次都有個很深的體會：除了詩本身，還有太多相關的生活細節未被好好言說，那是詩的體裁所無法承載，也無法適切描述的生活點滴，然而那些彌足珍貴、生動有趣的片刻，我是那麼想與人好好分享。

於是，我著手進行一系列書寫，將親子生活中種種與詩相關的經驗與感悟，以及我個人一路以來的創作感想，一一記錄下來，日漸豐厚的篇章，逐漸成書，就這樣成為散文體裁的《青雪踏踏——孩子們的日常詩想》。

另外想說明的是，這本書絕非親子教養書，畢竟在教養上，我常覺得自己很失敗——和許多媽媽們一樣，我在陪伴孩子的路上，經歷無數挫折，不斷接收著他人的「建議」與「鼓勵」，即便知道自己的小孩是特殊兒（選擇性緘默症），仍不斷的要求自己，給自己很大的壓力，經常自問：「一定是我還不夠努力吧？」

有次帶孩子去兒童心智科，一位初見面的醫師，與多數專注傾聽的醫生不同，劈頭便問我各種「為什麼」，在我敘述擔憂時，不停的打斷我，不時冷笑，和不以為然的語氣，都令我無法招架，使我幾乎就要拉起孩子起身離開……

壓抑著不舒服的感受，經過半小時餘，這位醫師總算釐清了我與孩子之間的互動關係，以及我曾做過的各種努力，便對我說：

「我不知道妳在擔心什麼——在我看來，妳並沒有少做什麼啊？」

剎那間，我竟放聲大哭，彷彿挨了幾個重重的巴掌之後，忽然獲得了安慰，那長久以來，為了孩子不斷受傷的心，竟瞬間被療癒……

畢竟，過去不論是他人善意的建議，或者惡意的指責，都暗示著我肯定「少做了什麼」，而從未聽聞「我並沒有少做什麼」這種言論，那是第一次，我真正認知到，原來自己真的什麼都做了，孩子一年一年長大，剩下的路，就交給孩子自己去摸索，去開拓吧。

最近，我還發現到，有個我長久以來一直在 follow 的媽媽 youtuber，在發布的一則影片中表明，原來，她的孩子和我的孩子有一樣的狀況，「不要加油，不要太努力。」她微笑著，對著鏡頭如此說。

現在的我，也能笑過著聊起孩子的狀況了——或許，我們早已努力過頭而不自知，更或許，孩子也並不希望媽媽太過努力，那樣源自於焦慮的努力，使得原本就容易焦慮的孩子更加焦慮，即便我也明白，當下要不焦慮是很困難的，得要經過一段長時間的調適，才能做到。

我的教養之路跌跌撞撞，因此我並沒有立場來告訴媽媽們：要怎麼教養小孩，畢竟，要應付許多特殊狀況和安頓自己的身心，已令我過於疲憊，我想好好分享的，只是那些我與孩子互動的生活中，各種與「詩」相關的點點滴滴，那些足夠撫慰我脆弱心靈的，閃閃發光的語言互動瞬間。

衷心希望，此刻正在閱讀本書的你，無論原本讀不讀詩、寫不寫詩，都能和我一樣，在這浩瀚的世界中，找到自我療癒的力量。

神秘如詩的 baby talk

最初的語言

「不太會哭耶……」

初次生產時，躺在產檯上，體力耗竭的我，耳邊傳來醫生冷靜的聲音。

我腦袋一片混沌，尚未意會到「不會哭」這三字代表什麼，只從眼角餘光瞥見孩子被迅速抱到一旁，醫護人員一陣慌亂後，孩子才終於哇哇哭出聲來——那

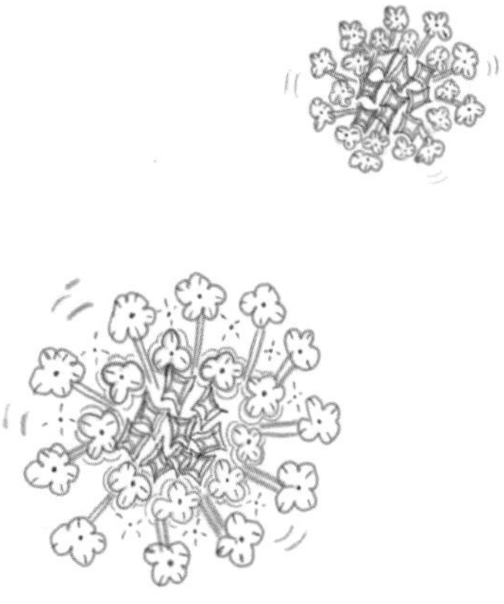

是孩子最初的「語言」，她用哭聲宣告自己到來人世，從此邁開人生的旅程。

對孩子來說，從媽媽溫暖的子宮中，赤裸裸地來到這個世界上，各種陌生的感覺一下子襲來，那或許是一種不知所措，或許是過於驚奇的刺激狂喜，於是就那樣自然地哭喊而出，作為與世界的第一次接觸。

而對守候了十個月的父母而言，孩子的第一個哭聲，代表著「希望」的實體化，原本只能透過超音波看見的模糊影像，就這麼真實的來到自己眼前。

後來，我才明白，當時的我「胎盤早剝」，原本應在孩子娩出後，才接著脫離我身體的胎盤，竟隨著女兒誕生同時娩出，那提早娩出的胎盤呈現破裂狀態，那意味著，在我腹中負責提供孩子氧氣的功能早已失效，更意味著，孩子在誕生前的幾分鐘，處於缺氧狀態——

回顧先生當時在產房內的錄影，那畫面怵目驚心，從我腹中剛取出的孩子，因缺氧而渾身發紫、癱軟，宛如死胎……

儘管出生時如此驚險，幸好女兒後來狀況一路穩定健康，比誰都愛哭，那哭聲雖令人焦躁，但只要回想當時孩子出生時那靜默的幾分鐘，我便慶幸的想，哭鬧無所謂，這可是健康的象徵哪！

為了準備開口說話，在尚未能使用唇齒發出複雜的聲音之前，孩子們張大耳朵，豎起長長的天線，在我們未曾察覺的每個瞬間，啟動他們不可思議的敏銳聽覺。早在媽媽肚子裡，孩子們就已默默傾聽著一切——川流於媽媽體內的各種聲響，食物、空氣與血液，媽媽伸手抓起發癢的肚皮，洗碗時，水槽裡的杯碗碰撞聲，以及那從此與自己緊緊相繫，媽媽說話的聲音。

懷孕期間，我並未特意施以胎教，總覺得對肚裡孩子說話怪彆扭的，等到孩子出生後，母愛一觸即發，當我第一次對孩子不經意說出「做作」的 baby talk（寶寶語）時，連自己都嚇一大跳。

但奇妙的是，面對嬰兒，人們就是會忍不住說出 baby talk。所謂 baby talk，是為了方便與寶寶溝通，在日常語言之中，不斷穿插疊字、狀聲詞，甚至只是「發出某種聲音」來取代某個詞。

於是成人和嬰兒的互動中，總是充滿各種「幼幼」的語言。比如「喀擦」代表「剪掉」，「阿姆阿姆」或「ㄇㄢㄇㄢ」代表「吃東西」，隨處可見的小鳥成為了「飛飛」，電風扇是「轉轉」，「鬧鬧」大叫的是小狗。

學習語言的途中，孩子們一步一步，像堆積木似地，將語言堆砌到一定程度後，漸漸拿掉不穩固的baby talk，只留下不易傾倒的語言積木，如此逐漸壯大自己的語言王國。

面對說出baby talk的孩子們，我們往往得多方猜測，在腦中快速拼湊組合出孩子傳達的意思，但過程中不免產生諸多誤解，引發各種令人不耐的負面情緒。

交換語言

女兒青在十個月大時，「討奶」的頻率來到最高峰。一天到晚ㄋㄟㄋㄟ、

ㄋㄟㄋㄟ的嚷著。當時的我母奶量並不多，對這過度討奶的狀況實在感到吃不消。每當她喊「ㄋㄟㄋㄟ」時，不管是餐廳、大賣場或公車上，甚至是充滿異味的公廁內……不論我們身處何方，我總要解開衣襟就地餵食，若非如此，女兒口中的「ㄋㄟㄋㄟㄋㄟㄋㄟ……」便會像關不掉的鬧鐘，無限循環播放，對我疲勞轟炸。

「一定是你奶不夠，她吃不飽啦！」

關愛孩子的長輩們，轉身端來一大瓶泡好的配方奶——

那段時日，孩子像是個需索無度的討奶怪獸，成天要撲向我那貧瘠的乳房，令我困惑的是，這討奶的頻率未免太不合理，明明才剛餵過，女兒卻又大喊起來。更奇怪的是，一旦抱過來餵，或者乾脆遞上奶瓶，雖然止住哭喊，她卻只是咬幾下奶嘴，愛喝不喝，沒喝完而殘餘的奶水，加熱幾次後失去新鮮度，只好一瓶接一瓶餵給水槽……

有天，我推著嬰兒車，筋疲力盡地從公園返家。日落時分，漸暗的天色中，坐在推車上的青突然轉向我，直盯著我看，令我浮現不好的預感，我趕緊別開眼神，逃避索奶，此時女兒卻突然伸出小小的手，指著我，字正腔圓地說出：

「媽媽。」

我忽然不知如何反應，只是繼續推著她往前，一股奇異的感覺湧上心頭。

即便領到媽媽手冊的那一刻起，我就是「媽媽」了，但似乎非要等到「媽媽」這兩字從孩子口中親暱的喚出，媽媽的身分才真正進入另一個層次，從此確定孩子認定我是她的母親，親子間的互動也變得更具默契。

奇妙的是，當女兒學會叫「媽媽」之後，就幾乎很少呼喊「ㄋㄟㄋㄟ」了。我這才想通，原來，「ㄋㄟㄋㄟ」兩字指的並不是「我要喝奶」，而是「媽媽」啊！

女兒把「喝奶」和「媽媽」這兩個意義連結在一起，於是當她想要喚我時，就會不斷喊出「ㄋㄟㄋㄟ」，有著焦慮性格的女兒，成天「ㄋㄟㄋㄟㄋㄟㄋㄟ」的喊，直到獲得我的關注後，安全感才有了著落。

只因為孩子學會了最簡單的「媽媽」兩個字，我從此能確定她是在叫我，而給予最明確的回應，我不再誤解她只是要喝奶，就此卸下「馬拉松式餵奶」的重擔。

我真好奇，究竟是哪來的靈感，使她小小的腦中，原本重疊的「ㄋㄟㄋㄟ」和「媽媽」兩個詞，終於一分為二，兩者之間的等號一下子被刪除。在那之後，女兒的語言庫突然大爆發，從字音進展到詞彙，再從詞彙推展成句子，甚至，開始想要認字了。

孩子學習語言的過程，就像是不斷地「破解」成人世界的語言密碼，在這破解的過程中，再細心的大人都難免會有誤解。於是大人也需要不斷破解孩子的語言密碼（以及因誤解而衍生的情緒密碼）。在這不斷互動與解碼的過程中，孩子與母親之間，彷彿不斷「交換語言」，為彼此進行一堂又一堂，無比親密的語言課程。

交換語言

夏夜的公園裡
有狗在跑，人在鬧
土風舞的音樂穿過耳梢
你看著一個警示立牌
上面有小狗圖案
你模仿狗的語言
你說，ㄋㄠˋㄋㄠˋ
溜滑梯上，有注音
咻的溜下來了

鞦韆上，孩子們的笑語
飛向樹梢

我說，玩玩
你說，啊，啊
我擁抱你
你笑出聲
我說，嗨
你說，愛

我也需要學習你的語言
學你說餔啊，巴埔，ㄋㄟㄋㄟ
你會心一笑，像在說：

妳這遲鈍的母親
總算學會我的語言

你指向我，像指認什麼
終於你說：「媽媽。」
我沉默半晌，向宇宙遞出
我所能發出的一切聲響
只為了與你交換
這無限美好的字眼

蠟油與果汁

第一次當媽時，所有的心思全掛在孩子身上，即便經歷前所未有的辛苦，但面對眼前無比天真的孩子，可說到了「著迷」的地步，我總全神貫注的觀察孩子的每一個動作，發出的每一個語音，深怕錯過任何一個神奇的片刻。

可惜我們無從回想，孩子們究竟是在哪些電光石火的片刻，發現了語言的奧義？畢竟我們無法訪問幼小的孩子是如何開始「學說話」，而我們也早就遺忘自己的幼年時光，是如何突然間頓悟，以語音連結萬物，然而可以想像的是，孩子

在第一次靠自己的力量，說出第一個有意義的語詞或句子，而獲得世界上另外一個人的回應時，人與人之間彷彿瞬間接通了迴路，那該是多令人振奮？

青一開始學說話時，是從「氣音」開始的。

熱愛閱讀的青，在她還不會說話時，就能自己安安靜靜的看書，有天，我指著繪本上的動物讓她辨認，當下她彷彿突然學會了將「氣」送達唇齒，從人體的孔竅中「吹」出第一個音，以氣音接連著說出：「大象」、「獅子」、「松鼠」、「熊熊」……

和姐姐不同，雪的第一次說話，來自於恐懼。夜半時分，雪不知為何在床上輾轉反側，我起身察看，發現他雖然沒有哭，卻不斷喘息，我腦中開始上演各種小劇場，心急如焚的換下睡衣，帶雪前往醫院。

急診室裡，充滿令人不安的氣氛。我們在匆匆人潮之間掛號完畢，接著便是一連串的量身高、體重與血壓，拍攝肺部X光片……小小的雪害怕的不斷哭喊，我抱著他在候診椅上，淚流滿面的他，突然抬頭望我，對我清楚的說出：「不喜歡……」

那是他除了叫「媽媽」以外，第一次說出的「話」，既非疊字，也不是一個詞，而是由於過於害怕，狗急跳牆而冒出一個缺乏主詞的「句子」。在那之後，雪彷彿一夜長大，就這樣進入他的語言爆發期。

蠟油與果汁

孩子的爸爸三十六歲生日時，買來蛋糕慶生，插上蠟燭點燃火光，小屋裡霎時充滿歡欣，燭光搖曳中，一歲的兒子「雪」搖搖擺擺走來，伸出小手，驚奇的指著蠟燭說：「它的『果汁』一直滴！」

這是雪第一次見到這個會發光，火焰還會隨風搖擺的小東西，對認知能力才剛啟蒙的雪來說，實在太有吸引力了！當時的他瞪著大大的眼睛，那驚奇不已，天真的眼神，令我至今難忘。

雪所說的「果汁」，是順著蠟燭邊緣滴落的「蠟油」，如此童真的話語實在可愛極了。我不禁思考，在雪小小的腦袋中，「蠟油」是如何跟「果汁」連結起來的呢？或許，在小小的雪眼中，所有會流淌而下，帶有顏色的液體，就是「果汁」吧？

不過，除了「顏色」和「液體」這兩個共通性質，蠟油還具有許多一歲孩子尚未認知，有別於果汁的特性，比如「發燙」、「冷卻後會凝固」等等。

小小的雪，腦中語彙庫仍相當有限，對於眼前這神奇無比的蠟燭，與順著蠟燭流淌而下的彩色液體，首先透過「視覺」去觀察與推理，最後透過脣齒，說出他所知的近似詞彙：「果汁」。

這讓我想起運用「閃卡」的方式去連結「物品」與「名詞」的教學模式。

試想，若我拿出一張蠟油的圖片，告訴雪，這東西就叫做「蠟油」，經過重複記憶，他或許很快便能記住，然而他並非真正「認識」蠟油這個物品，他對蠟油的印象，或許只停留在視覺的記憶上，而當一根流淌蠟油的蠟燭，實際出現在眼前時，儘管知曉這物體的名字，卻極有可能，孩子將不假思索，好奇的伸出小手去觸摸……

因此，藉由真實物品——一根真正的蠟燭，來教導孩子「蠟油」這個詞彙，或許是比較適切的語言學習方式。看到燭芯冒煙，聞到燃燒的味道，推斷這是會燙的東西。觀察流下的蠟油，發現它最終會凝成固體。用指甲去摳一摳，發現它像蠟筆一樣，能摳出屑屑，如此透過視覺、聽覺、觸覺、嗅覺多方面感受，建立物我之間的關聯，如此便能深深記住一個詞彙，進而加以活用。

語言的習得，不僅僅是學會發出語音，以一個語詞對應一個事物——真正的語言習得，還得包含認知該事物的各種「性質」，如此，才算是真正認識了一個語詞。孩子們正是如此學習語言，一步步建構出屬於他們的世界觀。

儘管有人學得快，有人學得慢，但隨著成長，字彙量不斷累積，浩瀚的語詞日夜穿過孩子們的耳朵，他們將經歷一場語詞海洋的漂流之旅，沿途抓住掠過眼前的語詞浮木，划著小手，踢著小腳，最終抵達語言之岸。

詩的童言童語

生活的應用、生存的必須，是語言最直接的功能，人類只要成長到一個階段，自然都能學會母語，這是與生俱來的天分，也是有別於其他動物的能力。然而，要使用這些語言來「創作」的詩人，語言卻不能僅僅停留在「溝通」的階段性功能，而是必須比常人更深刻地理解、感受語言的各個層面。

對詩人而言，每一次的書寫，都考驗他對文字的聯想力，面對文字的大海，從中揀選、探索語言的各種效果，淘洗出最精煉而嶄新的語言運用方式。

我常覺得，這有點像在玩迂迴的文字接龍，正如說到「蠟油」，詩人要有馬上聯想到「果汁」的能力，又或者，將詞性切換，把「蠟燭」這個名詞，當作動詞或者形容詞來使用，比如：

「他在太陽底下蠟燭了。」

——他正在融化嗎？這裡的「蠟燭」是動詞。

「這個包包的顏色好蠟燭喔！」

——是白色，還是紅色？是不是具有蠟面質感？這裡的「蠟燭」，變成了形容詞。

以上兩個例句，是不是也有點像無厘頭的「童言童語」呢？

我總是偷偷記下孩子們口中的童言童語，對我來說，那些可是留待日後發展成詩，無比珍貴的「梗」，不但激發我的創作，更重要的意義在於，那是我們深深影響彼此生命的證明。

詩的烏托邦

學會說話之後，孩子們開始有意識的寫起「詩」來。

洗澡到一半，或是吃飯的途中，興致一來便即興作詩、編歌，我總是趕緊拿起手機來記錄。

坐在浴缸裡的雪，玩著漂浮在水面上的蔬果玩具，突然就說：「洗澡師，想要煮，結果濕掉了，哇……」

看著窗外軟綿綿的雲朵，青脫口而出：「以打（一大）以打（一大），坨坨坨！」

再長大些，完全沒接觸過注音的孩子，竟開始會押韻，而唱起了無厘頭的歌。

「我便便後會洗手，不用便便來洗頭……」

似乎，只要經過幾次的引導與鼓勵，幼小的孩子們發現到，語言是可以拿來「玩」的，便會主動說說唱唱，展現各自的創作天賦。然而，要成人不設限的，即興寫一首詩，許多人卻會咬著筆桿，思索不出而苦惱萬分。

這是為什麼呢？

我曾進入大學校園，帶過相關的寫作課程，年紀較長的孩子們，要他們寫些什麼，總是對著白紙發呆苦思，等待從天而降的靈感。

我想，這是因為成人對語言早已過於熟練，反而很難突破許多習以為常的語法與想法，以至於在創作上畫地自限。在習得語言的路上，我們沿途撿拾前人留下來的語言結晶，看了太多作文範本，熟習許多成語與修辭，一路被紅筆批改的我們，對分數與他人的評價耿耿於懷，這些那些，都像鐐銬般，緊緊箍住語言創作的可能性。

寫詩的意義，有時並不在於「寫詩」本身，而是回望我們日常熟悉的語言，高舉一把鐵斧，劈砍已經僵硬固化的語言，對語言進行破壞與扭曲，然後再重建具有新意的詩語言。

這並非容易，但幼小的孩子卻能無畏的使用著語言，觀察孩子們的語言，彷佛目睹既有的語言被一一解放，猶如看著成千上萬首「詩」的誕生。

雖然不能斷言：「兒童的語言就等於詩」，那畢竟是成人一廂情願的浪漫情懷，但對我來說，探索兒童的語言，確實就像是探索著詩。孩子們的語法即便充滿錯誤、倒裝，語句荒誕，令人啼笑皆非，卻往往能發展出成人意想不到的全新用法，這何嘗不是詩一向追求的，「創新」的語言？

在孩子們小小的腦袋中，總是迅速的統整著語詞的關聯性與共通性，透過嘴巴說出錯誤，卻仍符合一定邏輯的語言，這種敏銳察覺語言的能力，可謂一種「天才」，可惜的是，這種天才，在建構完足以溝通的語言系統後，卻會隨著成長逐漸消逝。

研究顯示，這種語言的「天才」，消逝的時間點始於四歲——那些許多成人世界無法企及的靈光，在孩子們三、四歲時最為飽滿充盈，在那之後，孩子們慢慢披上「社會化」的硬殼揚長而去，漸漸的，再也說不出過往那些詩意滿滿的童言童語。

這竟如同預言，書寫本文的此時，青與雪均已突破四歲的年紀，果真如此，隨著時間過去，孩子們可愛的童言童語越來越少，在我電腦裡，那個記載他們童言童語的資料庫，內容更新的速度愈來愈慢，每每想到停止更新的那一天，我的內心不免浮現一股惆悵。

或許，身為母親的我唯一能做的，就只有觀察與提醒，默默守護孩子們那與生俱來，隨著成長而慢慢沉澱於性格底層，那最珍貴的純真了。

語詞積木

已能雙足行走，卻缺乏明確語言能力的孩子們，以直覺行動，衝動、魯莽、不講理的行徑，真的像極了小動物！不過，一旦他們開始說話，情況可就完全不同。

語言即思想，有了語言能力的孩子，正式開始學習與人溝通，此時不管是孩子本身，或是孩子身旁的照顧者，都將經歷一場與過去截然不同的旅程。

名詞

孩子們首先學會的是名詞，當他們一身赤裸的來到這個世上，首先認識到的，是眾多事物的「名字」，孩子彷彿伸出小小的手指，將一盞盞的燈泡點亮，世界就此逐漸明朗。

對多數孩子來說，第一個學會的語詞是「媽媽」、「爸爸」或者「ㄋㄟㄋㄟ」，畢竟這類名詞與他們的「生存需求」有最直接的關聯，父母負責回應、解決孩子的各種需求，奶水則提供他們最基本的生理飽足。

面對只能說出零碎名詞的孩子，為能理解與溝通，我總是必須為他們造出各式各樣的句子，再試圖從這些句子中，找出他們想表達的事物。

比方，當孩子不停地說「媽媽」時，不由得猜想：孩子此刻，需要媽媽幫他的忙，但是，究竟是什麼忙呢？

孩子彷彿對我出了一個題目：

「媽媽，（　　　　）。」

搭配孩子的表情與肢體語言，我在括弧裡填上：「抱我」、「我餓了」、「我肚子痛」……雖然難免有誤差，但孩子與照顧者之間，總是努力的透過簡化的語詞，達成與彼此最基本的溝通。

有時，孩子們也會發揮創意，自創名詞，成為每個家庭裡獨有的回憶。

哺乳階段的孩子，總迷戀母親的乳房，猶記當時正學習說話的女兒，給了我的乳頭一個神祕的暱稱，叫做「阿啾」（ㄚˇㄐㄧˊㄨ），成天阿啾阿啾的對著我的乳頭親密叫喚，彷彿那是一個專屬於他的小寵物，我的乳頭之於他，儼然象徵一條母子間尚未切斷的臍帶。

腹中懷著弟弟時，尚未離乳的姐姐每回用力吸吮，都帶給我劇烈的痛楚，不但有著哺乳時子宮收縮的疼痛，孩子的舌頭也彷彿變成帶刺的貓舌頭，一次又一次刮傷我的乳頭。

接著是一段漫長而揪心的離乳過程，女兒每日撕心裂肺的哭喊著「要阿啾……」有一回，我忍不住心疼，讓女兒靠近我的乳房，她卻突然委屈的望著我，眼眶帶淚的說：「媽媽會痛痛……」此後，女兒不再討奶，就這樣終於離乳成功。

相隔半年後，我問及女兒是否還記得「阿啾」？未料她竟一臉困惑，對那段「離乳血淚史」毫無印象……

原來，有些事物的名字，最終只會深深留在母親的記憶裡，不斷成長的孩子，就這樣一路丟失自己曾經創造過的名字，不以為意的往前大步邁去，繼續學習、創造更多嶄新的名字。

動詞

尚未能夠自理的幼兒，日常中所說的話幾乎不脫「需求」，比如：「穿鞋」、「脫衣」、「泡奶」，有些高度他們無法看到，或想要撒嬌時，就需要

「抱抱」……每個日常所需，不可免的，皆附帶一個「動詞」。

然而「動詞」的習得總在大量的「名詞」之後，在孩子尚未學會說「動詞」時，大人便需要不斷猜測那個「動詞」，究竟是什麼？

當孩子對我們說：「鞋鞋」時，指的到底是「穿」鞋子、「拿」鞋子、「摸」鞋子，還是他只是突然發現，鞋子上出現什麼新奇的東西（有時只是一段細小的棉絮），要我們「看」鞋子而已？

此刻，若是猜測不出那個「動詞」到底是什麼，孩子便不斷跳針，「鞋鞋、鞋鞋、鞋鞋……」反覆說著，氣急敗壞的模樣，真叫人不知如何是好。

身為父母，彷彿終日書寫著動詞的「填充題」，孩子是專制的老師，不斷對我們拋出各種難解的習題。

有趣的是，為了孩子的需求，我總不斷翻找「腦海詞典」中的動詞，一頁頁找遍各種語言排列組合的可能性——

我突然領悟，這不就正像是我平常寫詩的狀態嗎？

同樣意思的一個句子，為了不落俗套，須尋找各種辭彙，不斷排列組合，直到找出語句最適切的模樣——於是，和孩子相處時，我彷彿每天不間斷的，進行著詩的練習。

如果名詞是各種「角色」，動詞就是角色的「靈魂」，角色有了靈魂，才能「動起來」，甚至就連「秒針突然停下來了」，這樣一個靜止的狀態，都需要利用「停」這個動詞來定位。

我不禁深思，動詞在詩之中，扮演著怎樣的角色？以下節錄一段我的詩，做為範例（粗體字為動詞）。

我的手錶壞了
我「**卸下**」它，在一個安靜的夜裡
時間的腳仍不停的「**走**」
一個個透明腳印

「**踩**」在我空去的手腕

如果一首詩是一部電影短片，名詞「我」、「手錶」、「夜」、「時間的腳」、「腳印」、「手腕」等，便是戲中必備的「演員」，形容詞「安靜的」、「透明」、「空去的」則決定主角「看起來」的模樣，而真正賦予整個畫面生命感的，卻是粗體字中的動詞。

動詞扮演著詩中「情節」的關鍵，我們可以試著將引號中的動詞替換，看看這部電影中的「劇情」會有什麼變化？

我的手錶壞了
我「**拆開**」它，在一個安靜的夜裡
時間的腳仍不停的「**跑**」
一個個透明腳印

「敲」在我空去的手腕

將手錶「卸下」，改成將手錶「拆開」，「時間」從手錶外面，搖身一變，成為存在於手錶內部的機械齒輪之間。將手錶拆開，彷彿進行一場深夜裡的秘密解剖手術，時間的腳在錶的內部不停的奔跑，比起上一個版本的「走」，「奔跑」給人一種更加忙碌與焦躁的感覺，而那些透明的腳印，變成一種意象式的「聲響」，一聲一聲「敲」在手腕上。

原本是一首安靜、禪意的詩，只因為改變了動詞，竟變成一首嘈雜不安，風格截然不同的詩了。

形容詞

動詞比名詞難，但說到形容詞，難度可說又更上層樓。

對初學語言的孩子來說，學習形容詞實在不太容易，畢竟它往往是一組一組相對的語彙，比如「快」與「慢」，「冷」與「熱」，「高」與「低」……在不同的狀況下，同樣的形容詞描述的，卻又是不同的事物。

比方，冷熱可以指「溫度」，也可以指流行的狀況（如：熱門／冷門），高低可以指「位置」，可以指「溫度」，也可以用來指各種「能力程度」（如：天分高／低），甚至連「價格」也可以用高低來比較。

形容詞是語言的進階，學會了形容，便能更深入說明事物的狀態，把粗略的語言，雕修得更明確、精緻，傳達出事物最準確的模樣，也能傳達自己最真切的想法。比如，孩子首先認知到的是「老虎會吼叫」，等他們學會形容詞後，便能更進一步的描述「老虎吼叫的表情」、「叫聲聽起來是如何」等等細節。

我的外甥在四歲時曾說：「老虎的聲音比較深，獅子的聲音比較淺。」，句中的形容詞「深」和「淺」，顯然是用錯了字，但我們仍可猜測，前者或許是指聲音相對較大聲或低沉，而後者就是聲音較微弱或高音。

和大人比起來，兒童的「語言經驗值」雖然相對低很多，但他們等不及要與世界溝通，在尚未累積足夠的經驗值之前，就開始跌跌撞撞的說話了。為了自我表達，孩子根據腦中現有的素材進行各種判斷，努力提取已知的語彙，不斷排列組合，碰撞出語言的火花。

正因為如此，孩子們經常說出「錯誤的」語言。然而，仔細推敲，卻能發現這些語句往往具有某種程度的邏輯，即便是錯誤的中文用法，大多還是可以被解讀，有時難免引來一陣爆笑，卻又經常有著出人意表的詩意效果。

這「錯誤」的用法使人驚嘆，因為任誰也想不到，「深」和「淺」竟能用來形容聲音。

還有一次，我騎腳踏車載孩子們上學，陽光很烈，雪說：「媽媽，太陽撐住我的眼睛。」這有趣的說法深深吸引了我，為何雪會用「撐住」這兩個字來說明陽光刺眼呢？

我想了想，問雪：「你是說，太陽從很高的天空上伸出超級長的手，把你的眼皮撐住，讓你眼睛張不開嗎？」

「對呀！」雪開心的回應。

多麼新穎的說法！我讚嘆著雪的想像力，反觀我們大人，除了「很烈」、「刺眼」之外，幾乎很難再想出更有創造性的語彙了，誰想得到，孩子脫口而出的「撐住」這兩個字，竟絕妙的轉化了我們慣用的語詞。

我不禁深思，是否只要使用超出日常邏輯的形容詞，就能創造出詩意呢？試著將我的心情「很差」，寫成：我的心情「很黑」、我的心情「很尖」、我的心情「很銳利」，感覺如何呢？

然而有趣的是，來到語言成熟的年紀，要回歸到童言童語，並不如想像中容易。

寫作時，最怕陳腔濫調，尤其寫詩，對每個字詞都得斤斤計較，仔細思考著用字，要如何突破現有的語法，卻又能夠讓人讀懂——這不就正像孩子們「說錯」的那些話嗎？

雖然明白孩子們並非刻意地使用錯誤的語詞，那僅僅是語言學習中極為自然的過程，但我仍常驚呼：「小孩根本就是詩人！」用力誇讚他們特有的語言魅力。

漸漸的，我也發現，即時的修正對他們來說並非必要，因為孩子們將在日後逐步自我修正文法或用字，在語詞的世界裡，統整出一套日趨完整的母語系統——這就像我們成人學習外語，若一開始就能無畏的練習口說，不去計較文法的正確性，只要身處該語言環境，說著說著，我們的腦袋便能自動統整出日趨正確的說法。

對我來說，那些孩子們「說錯的」語言，反而具有某種文學價值，有些形容詞雖然用起來感覺「怪怪的」，卻也不見得完全是「錯」的——當面對孩子不正確的用詞時，即便到了國小年紀，我認為仍應抱持更寬容的態度。

每當我看著小學生的國語作業簿，那些被紅筆批改之處，我總是深思不已。指正語詞的同時，不妨也和孩子們一起討論，甚至一起「欣賞」那些錯誤的用法，如此一來，孩子們肯定能更勇於使用語言，當孩子們能由衷的感受到語言的趣味時，未來想必能描繪出更多充滿想像力的事物吧。

解釋練習

忙著解釋的父母

和孩子的爸聊天時，我們提到「尊嚴」這個字眼，一旁的雪突然插話說：「媽媽，我知道！尊『眼』，就是一種『眼睛』。」

原來他把尊嚴的「嚴」想成了眼睛的「眼」。覺得此話好可愛的同時，我也思考了一下。其實，他說的也不無道理，如果把尊嚴比喻為「眼睛」的話，每個

人內心都有的尊嚴，化為一雙雙堅定的眼睛，炯炯望著紛亂的外面，那隨時可能擊倒我們的世界——即便是我一廂情願的解讀，我仍覺得太有意思了！

我接著問雪：「那『愛』呢？你覺得『愛』是什麼？」

面對這個連成人都必須遲疑的大哉問，雪卻不經思索地回答：「愛，就是一種『珍惜』。」

眼前這個三歲小孩，真令我佩服。

孩子似有他們自創的邏輯，或者說，在他們小小的腦海中，每天接收各式各樣的資訊，不斷在腦內排列、重組、推理，建構出他們眼中的世界。

孩子們用語言來描述、理解具體的事物，比如「杯子」、「果汁」、「石頭」、「狗」，這些看得見、摸得到的東西。接著，他們感受並注意到「風」、「氣味」這類雖觸碰不著，卻能具體感受到的事物。看到風箏在飛，就知道有風在吹，聞到味道，就知道那叫做香或臭。然而更加抽象的事物，比如「尊嚴」與「愛」，孩子們究竟是如何習得的呢？

我們常和孩子們說起「愛」，愛是那麼抽象的東西，它甚至不是一個「東西」，它的含意太過廣泛，它是一種喜歡、快樂、珍惜……但有時，愛並不單純，它還混和著忌妒、厭煩，甚至是恨……種種朦朧的感受，交織而成為「愛」，真是複雜到令人無從解釋。

坊間也有許多書籍，寫著如何教導孩子們認識各種「情緒」。情緒是不可見的事物，於是我們也只能嘗試用語言不斷解釋、堆砌出那個不可見的事物，但我發現，孩子們對情緒感知與習得的快慢不盡相同，我們並無法要求每個孩子生來都溫柔體貼，對於孩子們的先天差異，我有很深的體認，來自於青與雪，這兩個性格截然不同的孩子。

一般認為女兒通常比較貼心，其實未必如此。「雪」從小是個暖男，會在我跌倒時，第一時間過來關心，時不時在我耳邊說甜甜的話，在我擔憂害怕時，用他小小的手，緊緊握住我的手。

反觀女兒「青」，從小就「酷酷的」，見我掉淚時，冷冷的待在一旁，緊緊擁抱她時，極少獲得她的回應，矛盾的是，這樣的她，從小卻有著超量的分離焦慮，無法接受我短暫的離去，入學適應期相對漫長，是個標準的高需求孩子。

面對這似乎有些「特別」的女兒，我總要費更多唇舌，解釋每一種感覺，在每個衝突的當下，陪伴她一一指認「情緒」。

好比在我受傷流血時，必須明確的教導她：「這時候，要過來關心媽媽」；如果不小心傷害到別人了，雖然是不小心的，還是得道歉；此刻哭泣的理由是什麼？這樣就是「嫉妒」、那樣叫做「不甘心」……

女兒讓我學習到，原來，對年幼的孩子們來說，情緒的辨認並不容易，每個人並非生來就認識「情緒」——當下的自己，究竟是怎麼了？別人為什麼會有那樣的情緒？原來這些都需要透過大量練習，逐漸摸索出對抗與適應的方法，進而與人適切的互動。

但我仍然做得不夠好。我發現，比起解釋其他的語詞，「情緒」的解釋格外困難，畢竟情緒邏輯往往特別複雜，我們總是看見情緒造成的行為結果，比如

「哭泣」與「憤怒」，看不見的，卻是隱藏在人心之中，百轉千迴的各種情緒轉折。

身為父母，遇上各種育兒的突發狀況時，往往一股腦的暴躁，和孩子產生各種摩擦。我總要耐著性子，將同樣情緒滿滿的自己抽離事件本身，使自己比孩子更快冷靜下來，為了讓孩子當下能夠理解，我常將自己內心的情緒轉折化為言語，直接了當的說出來——「你這樣我好傷心。」待孩子情緒獲得紓解，再接著問起：「那你現在可以安慰我一下嗎？」「你能不能抱我一下呢？」

如此直接的表達，真是我過去從未想過，也從未做過的事。

一開始，我並不知道情緒需要「教」，也不知道「教」會有用，但經過無數的挫折之後，漸漸的，我發現只要不斷提醒孩子，他們仍然是能夠進步的，只不過，和學習語言一樣，有的人學得快，有的人學得慢罷了。

每一天，種種朦朧的感受都從我們腦中流過，若能正視它們愈多，就愈能感受與理解得愈多，如此才能維持較為穩定的情緒，得以解決生活中各種問題。

青雖然對處理情緒的天分較弱，但對知識的習得速度，卻總是令人驚訝。除了語言早慧、擅長推理，小小年紀便能創作連續漫畫……才華洋溢、思想別樹一格的她，總是透露出某種特殊角色的獨特魅力。

每個孩子生來都有獨特之處，那就像世間萬物都有各自的模樣，也像一首詩裡的每一個語詞，只要放在對的位置，就能發出美好的光。

語言的深度練習

孩子總是問，這是什麼意思，那個又是什麼意思？更小的時候，孩子還不太會說話，連提問都不知道怎麼開始，所以總是鬧脾氣。忙著解釋的父母們，真是忙不過來，許多我們覺得理所當然的語詞，面對眨著好奇眼睛的孩子們，往往不知從何解釋起。

歷經成千上萬的「解釋練習題」，我發現自己越來越擅長「解釋」了。

用盡孩子們能夠理解的語彙，組合出他們能夠懂得的意思——解釋語詞時，將自己抽離出那個「理所當然」的狀態，去剖析那個詞，然後把該語詞放到孩子們常用的句子裡，透過造句，增加理解的可能。

在解釋語詞的過程中，我自己也彷彿重新溫習了一次，那個我早就熟悉，卻未曾深究過的語詞。因此我常覺得，對孩子們一再的解釋語詞，其實也就是一種對語言的深度練習。

我們早已太熟悉這個世界，對各種事物習以為常，但對幼小的孩子們來說，面對每個陌生事物時，他們都迫切需要一個定義，於是我不斷練習解釋，給予定義，有時連自己都不禁佩服起自己，原來這種解釋語詞的能力，是能夠被激發出來的。

有次，我和雪一起看漫畫，漫畫的標題寫著：「擴散的謎團」——雪一臉困惑，問我這句話的意思，但「擴散」和「謎團」這兩個詞，對孩子來說都太抽象了。

「好難解釋喔……」

我想了想，試著對雪說：「擴散」，就像顏料滴進水中一樣，範圍越來越大的意思。而「謎團」就是一團一團的秘密。秘密，就是我們不知道的事情，因為有很多，所以是一團、一團的，所以「擴散的謎團」，就是一團一團的秘密愈來愈多、愈來愈多……

雪似懂非懂的點點頭，一溜煙跑走了。

姐姐對事物的認知雖然比弟弟多，但兩人畢竟只相差一歲八個月，有次我聽到青要解釋某個詞給雪聽，便拋下一句：「哎呀，這很難解釋耶！」一副小大人困擾的模樣，實在逗趣。

確實，中文裡有太多不易解釋的語詞，有時語詞的定義還必須柔軟，充滿彈性，畢竟許多事情並不是只有一種樣子，正如「愛」這個字。

現階段，孩子們無法理解的語詞當然還有很多，但隨著成長，他們將學習聯結各個語詞之間的關係，從一個詞，推理出另外一個詞，了解每個詞彙之間的差異，理解它們之間的關係，最終拓展出完整的語言藍圖。

聲音的容器

耳鳴

「咿——」

耳鳴是丈夫的老毛病，每到靜寂的深夜，高頻聲如一根尖銳的鋼絲穿過腦袋，令他失眠，一段時日後，卻也找到與耳鳴和平共處的方式：練習忽略它，試圖將耳鳴當成環境中自然存在的「背景音」，像我們習以為常的冰箱、風扇等電

器運作時的噪音，你雖然無法真的無視它的存在，但日子一久，也就習慣了。

當丈夫描述自己的耳鳴時，雪好奇的走來，將自己的小耳朵，貼近爸爸的大耳朵。

「我聽聽看。」

看著一臉認真的雪，我不禁莞爾，原來對小小的雪而言，耳朵是聲音的「容器」啊！彷彿只要他靠近爸爸的耳朵認真聽，就真的可以聽到儲存在裡面的「耳鳴」。

「可是……」我問雪：「我們每天聽見的聲音那麼多，耳朵怎麼裝得下呢？」

青也湊過來一起研究這個問題，最後他們七嘴八舌討論出來的結論是——耳朵裡面像宇宙一樣，是個無限的空間，而聲音像是透明的絲線，或是透明的塊狀物，像煙霧一般，觸摸不到，它們在耳中自由穿梭，所以耳朵要裝多少聲音都可以！

孩子們天馬行空的想像，實在有趣，我好奇他們的腦袋裡裝了什麼聲音，也忍不住將耳朵湊過去，央求他們「借我聽聽看」。

那無非是我的聲音、爸爸低沉的語調、外頭的車流、洗澡水潑濺的水滴聲、玩具關節喀啦喀啦、勞作剪刀喀嚓喀嚓……但願孩子們的耳朵宇宙裡，充斥的都是有趣且溫柔的聲音。

舒緩的聲音使人放鬆，尖銳的聲響則令人焦躁，像孩子的爸爸那樣承受耳鳴之苦，睡前的心緒想必大受影響，也難怪總是失眠了。

我們每天聽到那麼多聲音，悅耳的、刺耳的，每個聲音都有相對應的符號意義，幼小的孩子們每日被動的接收著，來自外界與家庭裡的各種聲響，在他們小小的腦袋，最初的生命裡細密運轉。

在眾多穿過耳朵的聲音之中，「語言」可說有著最直接的影響力。

比起其他曖昧的臉部表情或肢體語言，「話語」的符號性最為明確，任何事物一旦被「說」出來，基本上就產生明確的意義，我們透過周遭他人所說出來的

「話」，來建構與認識自我，摸索出自己和他人之間的關係。

仰賴著大人的孩子們，出生在無法選擇的家庭之中，他們無法忽略大人所發出的任何一種聲音，許多大人自己說過就忘的事，卻對孩子造成很深的影響，各種聲響一旦進入他們耳裡，都將透過孩子的各種行為如實表達出來，成為某種說話的方式、書寫出來的文字，或者外顯的動作與姿態，日復一日，孩子們如岸邊的石頭，被語言之浪逐日沖刷，逐漸的成為某一種「大人」。

我常回顧自己對孩子們所使用的語言，大部分時間，我能耐心與孩子應對，「溫柔而堅定」的面對孩子各種無理的要求，但仍無法百分百做到，有時也像德國繪本作家 Jutta Bauer 的作品《大吼大叫的企鵝媽媽》那樣，失控的放大聲量，將語言之箭射向「不聽話的」孩子，一回神，才又陷入深深的懊悔……

然而，小小的孩子們，似乎早已懂得了「原諒」的美德，總是一再給予父母們修補的機會，一句「對不起」，一個溫暖的擁抱，便使彼此的愛完滿如初。

第二語言

初為人母，總有許多困惑，面對孩子，該用何種方式說話才好？是要咬文嚼字？還是要順口成章？是否該順應時代趨勢，在生活中盡可能加入英語？

我確實見過父母為了孩子，自己也充分學習，細心的將生活環境營造成中英雙軌同步進行，徹底執行的程度，實在令我五體投地。

我曾想依樣畫葫蘆，在某次暑假，每天固定給孩子們「上課」，想方設法將英語融入孩子們的生活，但或許是期望過頭，過於勉強的學習方式畢竟不夠自然，最終換來的，只是親子雙方的心力交瘁，孩子們學得一點都不開心，我也常弄得自己焦躁不堪……

後來我漸漸發現，其實面對孩子，只要維持自己「最原本的樣子」就好了。

畢竟，我的英文並非特別好，也缺乏強烈的學習動機（比如出國讀書或移民），要我在充滿中文的生活環境裡，刻意去說英文，實在無法感到自在，對我來說，講閩南語反而更加自然，即便經歷過強制說「國語」的時代，我的閩南語程度早已不如以往，但那深植在腦中的語感，只要多聽多說，便能上手。

說也奇妙，孩子們似乎能敏銳的感受，媽媽說起閩南語的樣子，就是比說英語時自然多了！因此，當我不經意說出台語，孩子們便會眼睛發亮，好奇的想知道字句的意思，比起英語，他們似乎對閩南語更有興趣。

一日睡前，孩子們尋找著家中的布偶，因為少了一隻而苦惱，我擔心他們因此錯過睡覺時間，趕緊幫忙尋找，終於找到時，我高舉布偶，大聲呼喊：

「遮擱有一隻！」（這裡還有一隻！）

沒想到，我隨口說出的閩南語，竟引來孩子們一陣爆笑——

原來，他們覺得這句話的語音太有趣了，兩人七嘴八舌不斷複誦，又笑成一團。從此他們便經常拿著布偶，學我說：「遮擱有一隻！」再也忘不掉了。

語言即生活，缺乏生活感的語言，無論如何是無法學得好的。語言始於聽覺，得要將自己投入、沉浸在某個語言氛圍之中，讓該語言盈滿自己的耳朵，陪伴每一天的生活，如此，才能真正進入思想，成為有一天脫口而出的話語。

我們的音樂

語言中的音樂

青、雪只相差一歲八個月，年齡相近的兩個孩子擁有一致的語詞系統，共享他們特有的語言世界，總是肩並肩，緊挨著彼此，就這樣把「無趣的」大人們給擋在外頭。

有時，青覺得某個句子聽起來很搞笑，趕緊分享給弟弟，兩人又是一陣捧腹

大笑，讓一旁的我滿臉問號……

回想自己小時候，長途車坐得無聊時，我和年紀相仿的妹妹在車上胡亂聊天，也常笑到快把車頂掀開，那時的自己，似乎也常因為某些無意義的聲響，或語詞的組合而感到滑稽好笑，但要細問原因，卻也解釋不來——孩子們似乎生來就有那樣的本能，無時無刻都在關注、感受語言最單純的樂趣

有時我將小時候朗朗上口的繞口令唸給孩子們聽，他們總是投以閃閃發光的眼神，且很快就能跟著背誦。當我胡亂唸起昆蟲百科書中，冗長的昆蟲學名給孩子聽，第一次聽到這麼長的外語單字，孩子們笑成一團，要我再唸一次、再唸一次！

帶著青、雪搭計程車，下交流道時，路旁商店掛著滿滿的招牌，青看到其中一個招牌，突然唸出「雪綿香，花綿蕉，冰冰冰！」

我還沒意會過來，問她那是什麼意思，青笑著說，其實是「雪花冰、綿綿冰、香蕉冰」啦！原本該直著唸的文字，她卻故意橫著唸，就成為趣味橫生的語

言。

香蕉冰
綿綿冰
雪花冰

當時，雪還不會認字，對青所說的一知半解，卻也感到有趣而跟著一起爆笑，學著姐姐不斷複誦：「雪綿香，花綿蕉，冰冰冰！」

後來，每次只要經過那家冰店，孩子們就會自動唸出這段文字，開心的爆笑。雖然不明所以，但幾次下來，我似乎漸漸開始能體會這個「梗」的樂趣所在，或許，是因為這一連串唸下來，即便毫無道理，但反覆唸來十分順口——簡直就像音樂一樣！

原來，要激發孩子對語言的興趣，有時並不需拘泥於內容，光是語言中有趣的「聲音」，就已經足夠了。

我不禁想，比起成人，孩子們似乎更能領略語言中的「音樂性」？或許是因為他們正處於感受性最為敏銳的階段，從誕生後的咿呀發音，而後牙牙學語，到能夠使用一整套母語來說話，竟只需兩、三年的時間，想來，真是不可思議！

用語言玩遊戲

孩子們剛學說話時，總有各種語誤，雖然明知道他們並非刻意這麼說，我卻總是大力誇讚、肯定並欣賞他們的說法，對孩子的童言童語真心喜歡。

等到孩子們建立足夠的詞彙庫之後，他們開始自然而然地自創「詩句」，孩子們的「詩」是廣義的，有時更接近通俗化的「順口溜」，不過我總對他們說：「那就是你寫的『詩』喔。」

我並未向孩子們確切地解釋「押韻」的意思，但若遇到押韻的句子，我會提醒他們：「你們聽，這唸起來，是不是『很順』？」

很快地，他們感受到那個「很順」的意思，便自己嘗試編出「很順」的句子，達到一個練習量後，我發現他們愈來愈常「不小心」押韻成功，小小的成就感，令他們沾沾自喜。

有時孩子們自己創作，有時我們一起激盪，以「接龍」的方式來創造句子。有次孩子吃飯不專心，不斷離開餐桌，為了將他們喚回座位，我即興造句：

「給你一個讚啊，送你荷包蛋！」

「給你一個讚啊，送你咖哩飯！」

「給你一個讚啊……」

「屁股摔兩半！」

孩子們忍不住笑翻，立刻回到座位上，參與接龍，就這樣邊吃邊玩，好不容易，一頓飯總算在笑鬧聲中結束。

孩子們總是對這樣的語言遊戲樂此不疲。有時，丈夫從雜誌中剪下大量的字詞，讓孩子們從浩瀚的「字海」中，揀選出喜歡的字，再自行將一個個的字詞隨意組合，拼貼在白紙上，最後，我們一起將完成的「作品」大聲唸出來。

孩子們對自己造的那些「無厘頭句子」，總是感到新奇又有趣，已能大量認字的青，將這遊戲取名為：「紙字躲貓貓」，認為這就像「抓鬼」遊戲一樣，只是他們抓的不是鬼，而是躲在大量字海中的「紙字」。

還不會認字的弟弟，雖然只是在玩著一些他不懂的「符號」，卻也能透過字的型態與字型的風格，選出具有男孩子氣的字組，比如「戰法」、「突擊」、「蜘蛛」……

看著興味盎然的孩子們，我問青：「妳覺得這樣，算不算是在『寫詩』？」

「不是，我只是在玩，『寫詩』又不是在『玩』！」

「『寫詩』有認真，『玩』沒有認真……」

「紙字躲貓貓」。

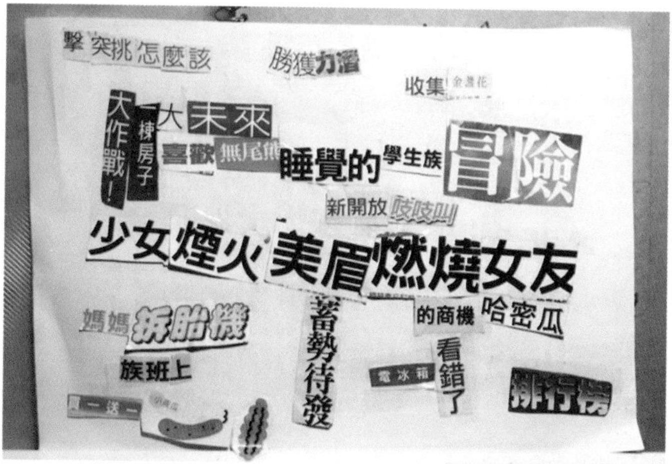

「紙字躲貓貓」拼貼作品。

聽她說得頭頭是道，我卻以為，所有的創作都是從「玩」開始的。或許她還無法意識到，當她在「玩」這些關於語言的遊戲時，就是一種對語言的探索，而對我來說，探索語言，正是詩人最主要的功課。

學齡前的孩子們，摸索著語言，玩著文字遊戲，全面性的感受著，讓文字的陪伴成為一種日常，如此，便一點一滴的靠近了詩。

寫一首歌

除了文字，孩子們也在日常中，創作自己的「歌」。

我們常胡亂唱歌，用手機錄下，資料夾中累積著數十首我們家的私房歌曲。這些即興創作，有的完成度頗高，有些僅為靈光一閃的兩、三句，我們常將那些歌放出來聽聽唱唱，自娛一番。

孩子們自己「寫」的歌，當然都是些不帶目的的餘興歌曲。好比有一首關於

「吃麵」的歌，就是青在吃麵時即興唱出的：

「麵麵逃跑了，
麵麵逃跑了，
喵咪不能吃，
喵喵喵喵喵，
筷子串起來的貓麵……」

還有一首歌，是青與爸爸玩遊戲時，扛起大枕頭，想像自己是隻螞蟻，唱著：

「螞蟻螞蟻螞蟻螞蟻，
你要搬到哪裡去？

螞蟻螞蟻螞蟻螞蟻，
你要搬到哪裡去？
搬什麼東西？
搬棉花糖！
大螞蟻搬什麼？大東西！
小螞蟻搬什麼？小東西！
中螞蟻搬什麼？超級大東西！」

簡單的歌詞與曲式，唱來朗朗上口，孩子的爸爸興致一來，將這些歌曲配上手繪漫畫，做成小短片，某次帶去幼兒園播放分享，意外造成轟動，幼兒園孩子們聽著聽著，竟一邊跟著大合唱，場面熱鬧滾滾。

◎麵麵逃跑歌

1 麵麵逃跑了

2 麵麵逃跑了

3 喵咪不能吃

4 喵喵喵喵喵

5 筷子串起來的……

6 貓麵！

◎螞蟻棉花糖歌

1 螞蟻螞蟻螞蟻螞蟻

2 你要搬到哪裡去？

3 搬什麼東西？

4 搬棉花糖！

5 大螞蟻搬什麼？
大東西！

6 小螞蟻搬什麼？
小東西！

7 中螞蟻搬什麼？
超級大東西！

或許是因為我們有許多自創的歌，全家人常常一起唱著玩，孩子們反而很少要求聽市面上的兒歌，偶爾播了，似乎也不怎麼感興趣——或許，就是自己寫的才好玩，有著滿滿的成就感吧。

像這樣，我與丈夫總是鼓勵孩子們創作，將他們的「作品」認真保存下來，於是，他們只要想到某些句子或旋律，臉上便會閃現驕傲神情，迫不及待與我們分享，主動跑來，要我們寫下、錄下，因為他們深知，自己的創作是有「價值」的。

我在藝術大學念書時，發現有些同學出身「藝術世家」，因為上一代也是藝術家，深知創作價值，視「創作」這件事為極自然的事，因此我總在那些同學的眼中，看見自信無畏的光，面對創作時，對設定好的目標專注無礙，全心創作。反觀我自己，卻一直缺乏那樣的自信，總想得太多，做得太少，在各種現實狀況與他人的眼光之間擺盪不定……

年輕時的我，總覺得「寫詩」是件超級彆扭的事，但現在我的孩子們，卻能毫不遲疑的說出：「我在寫詩啊！」彷彿那是件再自然不過的事，看著他們自然而然、毫無顧忌的創作，我總感到欣慰又羨慕。

像青、雪這樣，從小開始有意識地在語言中玩耍與創造，並擁有一個專屬的語言創作資料庫，真是件不可思議又幸福的事。在這些生活互動中，我看見孩子們真心享受語言的樂趣，我深深感覺到，「語言」真是生而為人，所獲得的珍貴禮物。

回想自己一路的寫作，雖然沒特別被壓抑，但也算不上特別受到肯定，當時若能受到更多鼓勵，或許我在創作的路上，便能少去很多很多的遲疑，成為一個更有自信，更勇於追求的人吧。

如果能像哆啦A夢裡的大雄，搭乘時光機回到過去，我肯定要去到年輕時的自己面前，拍拍她的肩膀，堅定的說聲：「嘿，會寫詩的妳，真的很棒呢！」

早餐詩

家事與我

有了孩子之後，因應育兒而生的各類雜物，在家中各個空間逐漸蔓延開來，數量增加的速度，令人措手不及，我常在半夜突然醒來，走進一片混亂的客廳，痛苦地消化白日做不完的家事，疲憊的思索著，自己為何落得如此境地？

外在的居家環境，象徵一個母親的內在精神；灰塵、污垢、霉斑，從櫃子裡

溢出的大量雜物，不僅積累於物理環境，也逐日沉積在心的底層，最終，化為一股壓垮自己的暗黑負能量。

成為一個「母親」，需要學習的事情實在太多，這才懊悔自己沒有提前學習這些龐雜的家務技能，坊間若能開設「新手媽媽先修班」這種專門課程，想必對眾多即將成為母親的女性大有助益，若能預先儲備育兒相關的知識與技能，生下孩子後，肯定能緩和最初的手忙腳亂，焦慮與壓力也才不會一下子排山倒海而來。

一開始，我只是無止盡的抱怨，找不到解決現狀的出口，後來，我才終於漸漸理解，原來就連最基本的打掃工作，也充滿數也數不清的「眉角」，要是無法跳脫固有思想，終究只會陷入毫無效率的家事地獄。

原本不上臉書的我，開始加入各種臉書社團，逐日「惡補」各種主婦技能，除了我最不擅長的居家整理，還有與家人每日生活息息相關的「烹飪」。

要不是成為母親，笨手笨腳的我很可能至今仍不會下廚，這樣的我，卻為了孩子一腳踏入副食品的世界，與各種食材奮戰。摸索食材特性，操作各種料理器具，將蔬果刨去外皮，烹煮後壓製成各式軟泥。

好不容易熬過了副食品地獄，孩子終於能與大人同步進食。為了與孩子一同用餐，食物的選擇和過去大相逕庭，大量攝取所謂「原型食物」，以前想吃就吃的炸物麻辣鍋臭豆腐，此刻成為餐桌禁忌，一段時日後，我竟養成比過去更加健康的飲食習慣。

在家開伙逐漸成為常態，不知不覺中，我竟成為一名不折不扣的「家庭主婦」，有時煮完一頓還算「上相」的餐點，拍照分享給群組中的「媽媽友」們，不料她們竟誤認我熱衷廚事，殊不知，我不但不愛下廚，廚藝也不過勉強及格。

其實，下不下廚倒是其次，最令人抗拒的，還是面對刀鏟揮舞過後的殘局——伸手進入黏滑油膩的水槽中，反覆刷洗大量鍋碗瓢盆，油水朝牆壁、地板與衣服噴濺，正洗得浩浩蕩蕩，客廳裡的孩子又哐啷打翻一大碗湯……

老實說，要不是為了客製化孩子們的食物，或許我還是寧願選擇……不開伙吧。

早餐詩

孩子進入幼兒園後，有段時間，起床氣特別嚴重。每天早晨，當我一睜開惺忪雙眼，就得面對兩個輪流啼哭，不肯上學的幼兒。

某次，我在臉書找到「媽媽做早餐」社團，看眾媽媽們每天卯足了勁，用心擺盤，傾盡各種令人料想不到的創意，為孩子製作各種有著精美圖樣的早餐，神人等級的廚藝，直令人佩服不已——

我不禁心生一想，不如我也來學著做做看？

事實上，孩子們的幼兒園備有早點心，原本我並不需特別準備早餐，不過，我心想要是孩子們早上一睜開眼，就能看到可愛的早餐，或許便能轉移他們日復一日的起床氣？

懷抱一股鬥志，我開始爬文，研究各種早餐的作法。剛開始壓力頗大，一想到隔天要更加早起處理食材，真擔心其中一個流程耽擱了，就會導致上學遲到，睡前輾轉反側，待隔天鬧鐘一響，便從床上跳起來備餐。

這才終於體會到，原來要每天早起做早餐，還真不輕鬆。不諳廚事的我，笨手笨腳地在煎鬆餅的麵糊中，加入煮過蔬菜的水，將鬆餅染成紅色與綠色，用細小的剪刀將海苔、起司片剪出小圓與大圓，拼組成圓滾滾的眼睛……在此同時，還得提防孩子們突然起床，這早晨驚喜便會「破哏」了……

緊張兮兮做完兩盤早餐，端上桌後，我突然靈機一動，取來便條紙，即興寫了首呼應當日餐點的押韻小詩，一式兩份，附在餐盤旁邊。

青聽見聲響，起床惺忪走來，一看到有著擺盤圖樣的早餐，眼睛立刻一亮。中班的她，已能認得大部分的生活用字，拿起餐盤邊的紙條，小聲唸出上頭的詩，隨後抬頭望向我，臉上開出一朵久違的，早晨的燦笑。

「成功啦！」我忍不住在心底歡呼。

緊接著，雪也起床了。

還不會認字的雪，看到有著圖樣擺盤的早餐，也立刻清醒，伸手就拿，津津有味的啃起來。兩個孩子對餐桌上嶄新的風景好奇得不得了，七嘴八舌的討論，完全忘了要哭鬧，幾個禮拜以來的起床氣，就此一掃而空。

我坐到餐桌旁，欣慰地看著開心的孩子們，接過雪手中的紙條，為好奇的他唸出詩句。

「拉里帕*，帕里拉，
早起的龍貓會說話！
喂？喂？打電話

*「拉里帕」是英文 lollipop（棒棒糖）的諧音。

陽台開了一朵花！」

後來，我們將那些隨著早餐而誕生的詩句，命名為：「早餐詩」。早餐詩的內容短小，句子簡單，我將那些紙條收集起來，偶爾拿出來與孩子們一起回味，其中有些，孩子們至今都還朗朗上口。

後來的我，製作早餐逐漸上手，即便如此，我做的早餐，比起網路上那些「神人」等級的媽媽們仍差得很遠，孩子們卻還是十分賞臉，總說：「太可愛了，我捨不得吃……」

孩子們因為對「早餐詩」太期待了，一聽到我起床的聲響，總是跟著起床，興奮地在我身邊兜轉，直嚷著要幫忙，令我無法順暢的備餐。

如此，果然耽擱了時間，幼兒園老師開始向我反應，孩子們這陣子太常遲到，跟不上班級活動步調。那為期兩個月的「早餐詩」，就這麼畫下句點，雖未能持續得更久，卻已成為我和孩子之間，一段難忘的回憶。

「早餐詩」。

「早餐詩」。

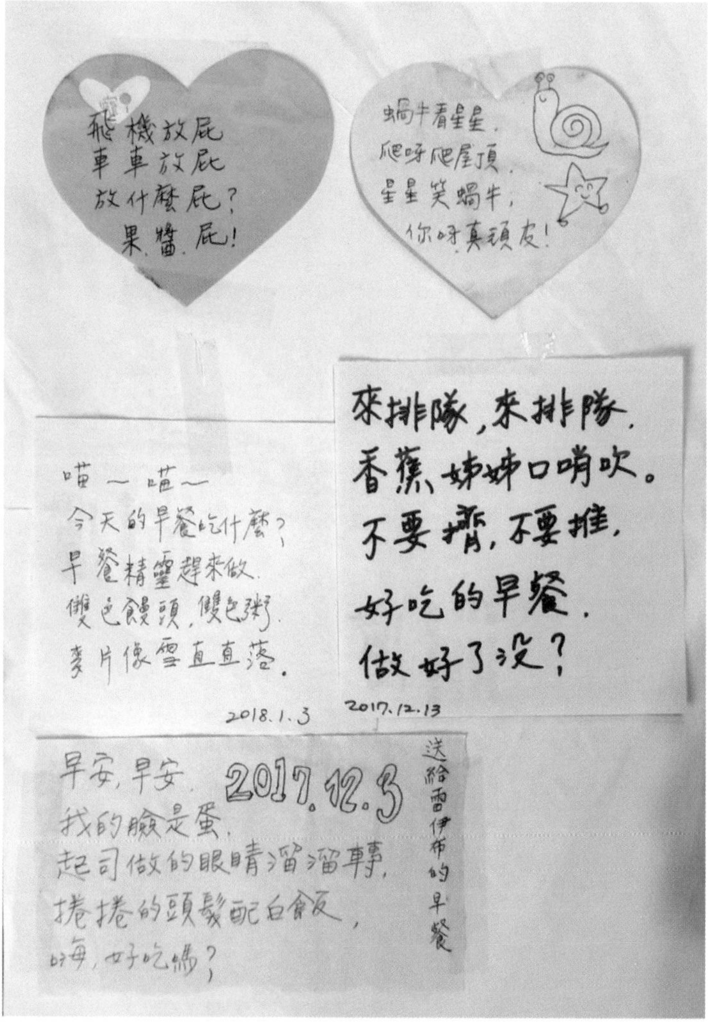
飛機放屁
車車放屁
放什麼屁？
果醬屁！
蝸牛看星星，
爬呀爬屋頂，
星星笑蝸牛，
你呀真頑皮！
喵～喵～
今天的早餐吃什麼？
早餐精靈趕來做，
雙色饅頭，雙色粥，
麥片像雪直直落。
2018.1.3
來排隊，來排隊，
香蕉姊姊口哨吹。
不要擠，不要推，
好吃的早餐，
做好了沒？
2017.12.13
早安，早安，
2017.12.3
我的臉是蛋，
起司做的眼睛溜溜轉，
捲捲的頭髮配白飯，
嗨，好吃嗎？
送給雪伊布的早餐

「早餐詩」附帶的紙條。

孩子們的精神糧食

「早餐詩」的存在，陪我熬過了孩子們起床氣最嚴重的那段日子，度過那兩個月，孩子們又悄悄長大了，心智變得更加成熟，後來即便沒了早餐詩，起床上學也不再哭鬧了。

某天，早起的青跑來我床邊，興奮地喚醒我，迷迷糊糊中，我聽到她說：

「媽媽，我想到一個早餐詩！」

只見她興沖沖拿來兩張便條紙，唸起她新編的早餐詩，要我替他寫下來，還說要寫兩張，一份給她，一份給弟弟。

「泡泡泡泡，貓咪貓咪，
貓咪公園裡吹泡泡，
一顆一顆，啵啵！
打——得好快樂！」

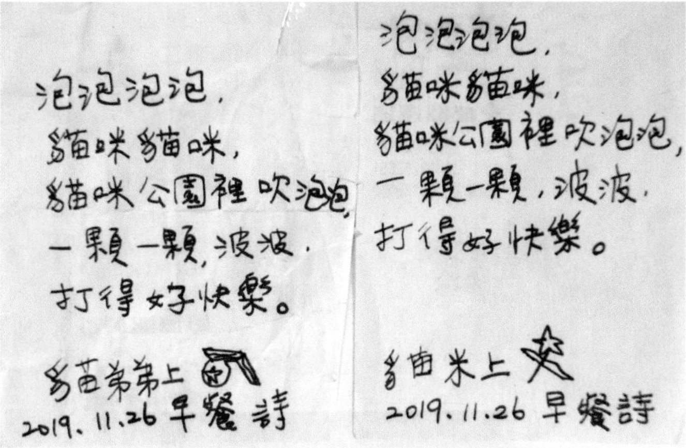

青創作的「早餐詩」。

沒想到，我連早餐都還沒做，她自己就寫好早餐詩了！就連早餐的內容，她都想好了。她說，要將早餐的食材弄得「圓圓的」，象徵詩裡的「泡泡」，看她說得眉飛色舞，原本睏意滿滿的我，終於清醒過來。

假日時，我偶爾會提供孩子們一些簡單的早餐食材，讓他們自己擺盤。當他們擺完，便興奮的向我介紹，我看著那些歪歪扭扭的圖樣時，不禁莞爾——

原來，餐點的精緻度一點也不重要，孩子們對精緻度的要求其實很低，要讓他們喜歡早餐，重點是賦予早餐生命感與趣味性，孩子們和大人對「吃」的要求截然不同，大人們講求色香味俱全，但孩子們卻視「好玩有趣」為最高準則，我們常說的「精神糧食」，竟十分貼近孩子們的心理需求，吃的東西（糧食），得結合孩子們愛玩的天性（精神），才能在他們心目中達到完滿的境界。

我常想，文學當然不是生活的必需品，畢竟「沒吃飯會死」，但沒有文學，人卻還是能活下來，就像沒有「吃早餐」會感到飢餓，但沒有「早餐詩」的早餐還是可以吃得飽……

但我仍不禁思考「早餐詩」的意義，即便那只是我即興而為的結果，卻帶給孩子們意想不到的快樂，甚至刺激孩子們主動的思考——原來，「早餐詩」對孩子們來說，無非就是一種真正的「精神糧食」啊。

◆

早安，早安

早安，早安
雲已飄進蚊帳裡來
外頭盡是很冷，很冷的地方
我的擁抱做你的翅膀
載你穿透雲層，經過太陽
用馬克杯裝滿陽光

昨夜的雨仍滴答，滴答敲響
意志的屋簷
一片很大的葉子飄過來
剛好適合盛裝今天的早餐

烤箱「叮」一聲
穿透鼾聲的牆

如果你的夢很香，我能將它
搗成泥，篩入昨天的粉末
以指尖輕柔仔細搓動
Q而渾圓，讓我們吃了它
如果滾動，就讓它走
我的手會緊握你的手

如果夢很臭，不如
打開意志的毛細孔
讓它嘩啦嘩啦地流

好喝的東西還有很多
今天是一個容器，等你
用美味的東西填滿它

水果躺在砧板上，等刀片片落下
甘心成為雪花片，裝飾你今天的早餐
早安，早安，我的愛
等你醒來，望出窗外
街上的聖誕樹一棵一棵
不約而同長出來

詩集寶可夢

日本發展已久的經典動漫「精靈寶可夢」（另譯：神奇寶貝）中，豐富多元的角色仿自萬物，有形似海洋生物、陸地生物，也有遠古生物與植物的擬人化，甚至還有單純從「符號」衍伸出來的角色，這些造型千變萬化的寶可夢，直今已達數量驚人的九〇五種。

青、雪一開始並未看過寶可夢卡通，只是跟著爸爸用手機四處「抓寶」，看著手機畫面裡，各種虛擬的寶可夢角色出現在熟悉的場景：路邊的公園遊具中、

轉角土地公廟的雨棚下、社區大樓邊的石敢當旁……寶可夢們彷彿活生生的存在著，透過擬真的互動，孩子們就這樣成為了寶可夢迷。

家中有上、下兩冊的寶可夢圖鑑，兩個厚厚的方塊，宛如字典般，收藏著近九〇〇個角色，有著各自的屬性、技能，與充滿想像力的命名。有一陣子的睡前陪讀，孩子們選的書既非繪本，也不是故事書，而是寶可夢圖鑑，每人從圖鑑中挑出三隻寶可夢，由我讀出內容，孩子們總愛一邊聽，一邊為我惡補各種寶可夢知識，嘰哩呱啦的搶著說個沒完，讓原本對寶可夢一竅不通的我，就這麼進入了寶可夢的世界。

在故事與遊戲設定中，這些厲害又帥氣的角色，深深吸引著孩子，即便其中不乏嬌小可愛的角色，但相對人類來說，寶可夢中，卻沒有一個是真正的「弱小」，畢竟每個寶可夢都有其特殊的生存與戰鬥方式，具有人類世界所缺乏的「超能力」。

總是徜徉於幻想世界裡的孩子們，將自己化身為各種想像中的寶可夢角色，透過戲劇性轉換，「對戰」著他們的日常，面對成長過程中大大小小的挑戰，一路過關斬將。

比如青就曾自稱為那隻身上的毛髮豎成尖刺狀，用來威嚇敵人的「雷伊布」，後來，又化身為擁有一身鎧甲的「可可多拉」，並稱弟弟為發射超強力電流的寶可夢主角「皮卡丘」，稱我為「太陽精靈」，爸爸是「冰精靈」，而奶奶則是「草精靈」……

有趣的是，某次帶孩子出門玩，竟聽到一個陌生的小孩，也朝不遠處大喊：「冰精靈——」轉頭一看，那個被呼喚而走來的「冰精靈」，正是孩子的父親。我和丈夫驚喜的相視而笑，真是奇妙，難道「父親」的形象，總讓孩子們不約而同想像為能釋放冰雪、凍結獵物的「冰精靈」嗎？我不禁好奇，這不知是與兒童心理學相關，還是純屬巧合？

身為母親的我，不但曾被孩子們稱為「太陽精靈」，後來，還獲得另一個更有趣、更令我驚喜的稱號。

有天，青、雪要我陪玩「現實版」的寶可夢對戰遊戲，雪從他們凌亂的勞作桌上，隨手撈出一個小髮夾給我，指定作為我對戰用的「武器」。

「這個很強！」雪信誓旦旦的說。

雖然有些荒唐，我仍收下髮夾，咖嚓咖嚓，做出要夾人的動作。

「那……我要當哪一隻寶可夢？」我問。

「你是『詩集寶可夢』！」

這令人莞爾的名稱，真讓我摸不著頭緒，我只得配合演出，隨手拿起一張小紙條，寫上：「你打不到我——我是詩集寶可夢！」隨後將紙條揉成球，大喊一聲！」，朝孩子們丟去，兩個孩子立即閃躲、反擊，做出各種帥氣的動作，彷彿真的置身寶可夢世界。

對戰一陣後，我好奇問孩子們：

「不過——『詩集寶可夢』到底長什麼樣子，你們要不要畫給我看？」

原本廝殺得正起勁的兩人，聽聞我的提議，立刻興致盎然的坐到勞作桌前，信筆揮灑起來。

青畫了一隻眼尾上揚，頭上有一對尖角的寶可夢，肚子上有「一滴墨汁」的符號，手上拿著毛筆，意氣風發的站在一張超大的紙上，一副隨時要戰鬥的模樣，而身體的背面，掃過一條長長的尾巴，細看尾巴的尖端，原來也是毛筆的筆尖。

「所以，他都用這兩枝毛筆來寫詩嗎？」我指著圖問。

「不是！『詩集寶可夢』雖然比較會寫詩，但是他對畫圖更有興趣。」說完，便在「詩集寶可夢」腳下的紙張上，補上一些圖案。

一旁的弟弟雪，則畫了一個身體胖胖軟軟的角色，表情呆呆傻傻，頭上還長了個像包子的東西，一隻長長的手高舉一張紙，而尾巴部分，也學著姐姐，畫成一隻筆的模樣。

「他會用尾巴的筆，在他手上這張紙上寫字。」雪一邊說，一邊為「詩集寶可夢」註明身高、體重，以及圖鑑編號，接著，還要我幫他在寶可夢手上的那張

雪設計的「詩集寶可夢」

青設計的「詩集寶可夢」。（後改名為「小力子」）

紙，寫上惡狠狠的幾個字：「你、死、定、了！」

聽孩子滔滔不絕介紹著他們自創的「詩集寶可夢」，我不禁十分好奇，所有的寶可夢都必須打鬥，那麼詩集寶可夢要如何打鬥？難道要靠「寫詩」嗎？是把詩當成咒語一樣，施展魔法擊退敵人，還是一個個的字詞變成超帥氣的迴旋鏢，咻咻咻的射向敵人？

「所以，詩集寶可夢是用『寫詩』來攻擊敵人嗎？」我問。

「不是。」青搶答說。

「？？？」

「那……他要怎麼攻擊？」

「用發射光來攻擊，或是——蔓、莓、果，丟擊！噠噠噠噠噠噠……」

看著青示範，用左右手輪流快速丟出蔓莓果的模樣，我不禁噗嗤一笑，原來，詩集寶可夢打鬥時，「寫詩」竟然一點都派不上用場啊？

看來，「寫詩」這行為對孩子來說還是太過靜態，很難把它將動態的打鬥作為聯想，不過，「詩集寶可夢」這名字從孩子們口中說出，還是令寫詩的媽媽我感到十分意外，沒想到「詩」這個字眼，在我們家，不但成為了日常對話的關鍵字之一，更進入了孩子們全心投入的遊戲之中。

後來，喜愛畫圖的姐姐自創的寶可夢角色愈來愈多，最初創造的那隻「詩集寶可夢」，竟默默改名成「小力子」，成為日常塗鴉中的固定要角，大量出現在姐姐的許多作品之中。

只不過，改名後的「小力子」，有時沒有長出毛筆尾巴，有時還兩手空空，忘了拿毛筆，看來，變身後的他，已經沒那麼愛畫圖，甚至，也不寫詩了吧？

每次回想孩子們創造出「詩集寶可夢」的那天，都覺得實在太有趣了，看著眼前兩個神奇的孩子青與雪，我總是想：這兩隻……不就是我的「神奇寶貝」嗎？

有天，我向孩子們解釋什麼是“PRO”（professional），我說，PRO就是「專家」，像有人是研究「坦克」的專家，有人是研究「電玩」的專家，我們就

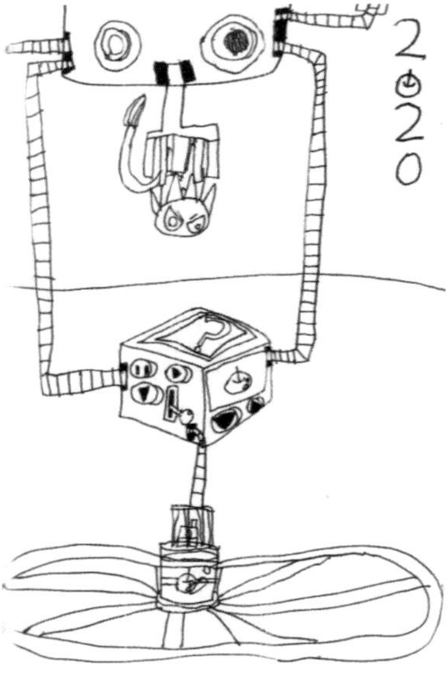

小力子夾娃娃機。

打鬥中的小力子。

小力子溜滑板。

小力子睡著了。

可以說他是這方面的PRO……孩子們彷彿理解而突然打斷我：「那媽媽就是寫詩的專家！」

我再次受寵若驚，原來在孩子們的心中，我不但是「太陽精靈」、「詩集寶可夢」，還是「寫詩的專家」呢！

我恍然發現，自己終於接受了「詩人」這個稱呼，似乎是在成為了母親之後，孩子們帶給我勇氣，出書、朗讀、分享……

原來，自己是在被孩子們認可為「詩人」的那一刻，才真正的覺得自己是一名詩人，在這之前，即便我確實寫詩很長一段時間，也得過一些獎項，每回被稱為「詩人」時，仍感到不太自在，參與各種文學場合時，總是缺乏自信，不敢與人攀談，覺得自己格格不入……

或許，透過天真的孩子口中說出，那不帶任何評價，毫無吹捧與貶抑，只是純粹用來指稱一個他們所看到的，不斷寫作著的那個人，這使得原本宛如空殼的「詩人」兩個字，顯得如此踏實而真誠，這莫大的禮物之於我，甚至比任何一個獎項更加堂皇而耀眼。

我想像自己真的化身為一隻「詩集寶可夢」，躋身於那有著九〇〇多隻寶可夢的圖鑑之中，成為獲得人們共鳴的眾多角色之一，但願自己手中的那枝筆兼具柔軟與韌性，能寫出溫柔的詩療癒人心，也能銳利而堅硬，筆鋒力透紙背，與殘酷的現實帥氣對戰。

死亡與時間

大人的時間

有次前往某文學獎頒獎典禮，眼看即將遲到，爸爸先跑步前往，我帶著孩子在後頭繼續趕路。還是嬰兒的雪坐在推車上，年紀也還小的青在一旁扶著推車，跟著小步快走。到了半路，不巧又下起雨來，我急忙帶兩個幼兒進入便利商店購買雨具，趕緊替他們穿妥雨衣，再繼續趕那段緩緩上坡的路。

後來有次北上，與記者相約同一地點接受採訪。獨自前往的我，一派輕鬆，重新踏上那段坡路才恍然大悟，原來，那段路並不是上坡，而是下坡啊！

沒想到，當時帶著兩名孩子，疲憊的我，竟把一段下坡路走成了舉步維艱的上坡……

育兒時，投入全部心力在孩子身上，我總有各種錯覺，彷彿自己與孩子共處一個與世隔絕的平行世界，時間有時加速流過，有時卻以慢動作行進，錯亂的時間感，使人彷彿置身夢境。

處在奇異的時間之海中的母親們，就這樣日夜漂泊，因為清楚知道外頭的世界仍一如既往，以規律的步調運作，於是總感到自己被整個世界排除在外，而油然生出一股無邊無際的孤絕感。

與孩子「綁定」的日子裡，再也沒有屬於自己的時間，幸好我生來就是個慢郎中，勉強能配合孩子的步調，要是媽媽本身是個急性子，想來該有多折磨呢？

成天面對做什麼都慢吞吞的孩子、專注於自己手邊事物的孩子、怎麼叫喚都不予理會的孩子……爸媽們總要深吸一口氣，看他們「究竟可以多慢」？付出前所未有的耐心，同理孩子的緩慢，等待再等待……要做到不慍不火，著實非常困難。

因此，育兒時光中，往往覺得自己什麼都沒做，一天就這樣過去。當然，並非真的什麼都沒做，而是把時間全「砸」在小孩身上，為孩子做了一大堆事，反觀為自己而做的事，卻少得可憐，就連最基本的生存需求，舉凡吃飯洗澡上廁所，都得速戰速決，以至於有種「什麼都沒做」的錯覺。

事實上，一天二十四小時，時間總量從未改變過，只是，要在眾多雜務之中，認清並找到這些時間花費的價值，肯定自己育兒的功勞，並不太容易。

抱起日益沉重的孩子，將孩子以揹帶固定在自己胸前，彷彿他就是個特大型懷錶，附帶不時秀逗的鬧鐘功能，不定時會哭叫起來，我經常搞不清楚現在是幾點，即便戴上了手錶，時間仍顯得毫無意義，因為總有各種突發狀況，生理的、心理的，隨時能輕易將時間攪成一團混濁。

成人的時間像金錢，學會看時鐘之後，就學會了量化時間，知道一天只有二十四個小時，一年只有三六五天，知道要把握時間，知道自己從此只會朝死亡一步步邁進。但對孩子來說，時間卻不具有意義，他們知道的只有「當下」，想玩就玩，想睡便睡，彷彿昨天、今天和未來的每一天都是連成一線，毫無斷點，更沒有終點。

孩子的時間

幼兒的認知邏輯中，缺乏「時間」概念，因此他們不在乎上學遲到，幾點該吃飯睡覺，他們只知道「當下」，因此，他們擁有的時間，彷彿無窮無盡。

當我嘗試和孩子解釋時間概念時，四歲的青曾生氣不願接受，氣呼呼地說：

「我永遠都會是四歲！」

「從媽媽肚子裡生出來時，我就是四歲了！」

孩子的時間觀念裡，沒有「過去」與「未來」，只有「現在」。哭笑不得之餘，我換個角度思考，忍不住讚嘆：多美好的時間感啊！那得要像孩子一樣無憂無慮才能做到呢。若只知道「現在」，而不用擔憂未來，更不必懊悔過去，那麼，一個人所必須面對的現實壓力，想必減輕許多吧。

不過，究竟什麼才是「現實」呢？

曾看過科學雜誌上，一篇文章說：「時間是不存在的，它是一種空虛的概念」，於是我們每個人，都活在自己創造出來的「現實」裡面，時間可以像文學或電影，透過書寫與剪接，任意彎折、扭曲。

只是，我們的每日行程卻必須在「想像的」時間計量裡運轉，那是因為非得維持如此的秩序，人類世界才得以像齒輪般有效運作，一群人帶動另一群人，不停轉動，像尖峰時間的車流，非得仰賴規劃完善的道路與號誌，才得以安全暢通。

日復一日的時間概念令人安心，卻也令我們焦慮，擔憂時間不夠用，憂心自己死亡降臨的那天……

什麼時候，我們才可以停下來，做自己「時間的主人」，像孩子們那樣呢？我們是從幾歲開始，將一只手錶戴上自己的手腕的呢？或許，就是從那個時候開始，我們再也無法不去在意時間，總要問著：「現在幾點了？」

在成長過程中，每個人的童心不斷失落，在某個時間點，終於徹底丟失了它，很久很久以後，終於發現而懊悔不已。雖然這是必經的過程，但幸好，在苦樂參半的育兒時光中，孩子們陪伴著我，令我嘗試一點一滴地，將自己的童心撿回來。

雪還不太會說話的時候，我問他，你還要玩多久呢？他說：「十久。」（十分鐘），再長大一些後，雪已有了時間單位的概念，他開始會問：「十分鐘很快嗎？」、「一小時很慢嗎？」

有一次，青睡前想畫一張圖，她想了想又放下手中的筆，說：「明天再做好了，明天比較『夠時間』。」我十分訝異，原來六歲的青已開始有了時間觀念。

在聯絡簿和課本上簽名時，我才發現，原來幼兒園已經開始教導孩子們「看時鐘」了。

當秒針滴滴答答地在孩子們純真的眼中重複繞圈，孩子像受到催眠似的，終於接受時間是不斷流逝的一種存在。青開始會催促「害」她上學快要遲到的弟弟，孩子們開始接受天黑之後會天亮，夏天過去後冬天很快就要來……

孩子們對時間的想像逐漸標準化，很快地，他們將戴上手錶，戰戰兢兢的使用著時間。到了那時候，我肯定會非常非常懷念，那兩個做什麼都慢吞吞、我行我素、只專注於「當下」的孩子吧。

孩子眼中的死亡

在我書寫的此時，時間也在鍵盤滴滴答答敲下間，慢慢流失而去。

過了中年，每一段時間的結束，都令我感到更接近死亡。年輕時並不會有這種感覺，總覺得有大把時間可揮霍，四十歲以後，赫然發現自己的生命也許只剩下一半（或者更少），而不免驚慌。

時間的命題總與「死亡」聯繫在一起，因為生命一旦走到某個階段，便迎來了死亡，這是自然界的生滅定律，不過，像時間和死亡這種龐大的命題，要如何跟孩子們討論呢？

看著生命正新鮮美麗的孩子們，我總好奇在他們心中，死亡究竟是什麼？有天，兩歲半的青突然跑來跟我說：「媽媽，弟弟死了嗎？」

我困惑了一下，趕緊過去察看，只見小小的雪好端端的站在冰箱前，正非常專注的，用他還好小的手指頭，試圖要轉開寶特瓶蓋，因為極度專心的緣故，整個人屏氣凝神，一動也不動。

我這才想通，原來雪那樣「幾乎靜止」的狀態，對青來說，就像是「死了」一樣。

兩歲半的青或許約略知道「死」的模樣，小小的她，知道死亡會使人「停下來」，卻還無法想像，除了語言與動作之外，呼吸、血流，一切的生理運作，也都將停止。

等青、雪再大一點，我再問他們關於死亡，才發現「死」這件事，對他們來說，只不過是「暫時的消失」、「暫時的停止」，他們無法體會死是永遠的消滅，不再復返……

也就是說，他們無法體會的，其實是「永恆」這件事，那跨度太長的時間概念，對生命經驗只有兩、三年的孩子們來說，畢竟過於遙遠。

於是，死亡對孩子們來說，就成為一件很「輕」的事。

有時雪一生氣起來，會對我說：「媽媽妳再這樣，我就要把妳揍死掉！」可是下一秒又自己捏來一張衛生紙，撒嬌要我為他擦去氣憤的淚水。

有一回，我們見到馬路上，一隻被汽車壓扁，死狀悽慘的老鼠。我想趁機向他們說明「馬路如虎口」的道理，沒想到兩個孩子竟笑成一團，原來，他們覺得被壓扁的老鼠「很好笑」！我想在他們腦中，「被壓扁的生物」，大概是種卡通式的視覺語彙吧？

所以，「死亡」和「悲傷」在孩子眼中，暫時是無關的。他們不明白為什麼人死了必須哀悼，畢竟他們有更多比死亡值得悲傷的理由。但我們卻不用刻意去教導孩子死亡，知道死亡必須哀傷，就像多了一個石頭掛上身體，從此必須擔憂、害怕死亡，在明白死亡之前，他們要做的，只有好好享受生命。

死亡與時間這兩件事，都會隨著孩子長大，而慢慢浮現出愈來愈清晰的輪廓，但其實這是永恆的命題，就算是成人，也必須用一生去思索與體會。

躺在孩子身邊，看著他們閉上眼睛，準備進入夢鄉。幼小的他們，正擁有此生最無瑕的肌膚與髮絲，四歲的雪眨著長睫毛，像想起了什麼似的，忽然在我耳邊輕聲說：

「媽媽，就算妳死了，我還是會很愛妳。」

萬物生滅無可迴避，但在那之前，你的愛，媽媽穩穩的接到了。

幾根從我頭上新長出來的白髮，偎在孩子烏黑的髮絲旁，此刻靜靜的，在夜裡悄悄閃耀。

◆

阿弟死了嗎？

阿弟靜靜站著
專注研究，如何
旋開寶特瓶蓋
隔著一張椅子你看見
雕像般靜止的他
你側著頭好奇問我：
「阿弟死了嗎？」
幾秒鐘過去

阿弟又活了過來——
他拿著他終於旋開來的瓶蓋
搖搖晃晃走來
開心的彷彿
開罐中獎

我說阿弟沒有死
即使他在我腹中之時
每一秒
都脆弱得易於死去
我懷著阿弟的生
也懷著阿弟的死
直到他誕生

時間伸出透明的觸手
將阿弟的頭髮與指甲拉長
但他絲毫不感到疼——
細柔的髮絲
令他體驗風
小小的指甲片
讓他學會摳去
推車扶手上的貼紙

我們穿鞋
去池邊看魚
一隻死魚浮在水面上
「那隻魚死了。」我說

像一池失去漣漪的水
再多雨滴也喚不醒它
看你一臉疑惑
我為你戴上帽子
遮擋豔陽

我們帶阿弟去公園
阿弟坐著推車
老人坐著輪椅
他們的雙腿都有
不完整的靈魂
阿弟的尚未成形
老人則是逐漸磨損

那位沉睡的老人
此刻他正經歷
一場不可逆的老去
（或者，他已正在死去？）
天光逐漸削減
時間慢慢收回
他的影子

一片枯葉落在
推車的遮陽罩上
風將它吹向馬路
車子輾過它
發出乾脆的聲響

那是它將死的呼喊
還是死後的軀體
殘存的音樂？
有一天，我們都要死去
躺進大大的木盒子
把自己當成禮物
送給海洋，送給泥土
好讓其他的生命
輪流生長出來

燠熱的陽臺上
你們小小的鞋子正在滴水
落在枝葉低垂的盆栽上頭

明天，或許後天
當你們沉睡之時
那些枝葉會輕輕的打嗝
而你們的鼾聲
穿透蚊帳，抵達
窗外的山櫻花樹幹
很快被一片巨大的蟬鳴覆蓋
許多蟬蛻紛紛
掉了下來

邊走路，邊寫詩

上學路上

還記得兩個孩子剛上學時，總是一把鼻涕一把眼淚，讓我糾結又不捨，那時身邊的人都對我說：「放心，去一個禮拜就習慣了！」結果，弟弟的適應期是一個月，個性容易焦慮的姐姐，更是整整花費一年。

孩子們抗拒上學的哭泣，總是讓我質疑自己，是不是讓他們太早上學了？如

果他們的身心真的都還沒準備好，是不是該再緩緩，等他們大一點再入學？

日復一日的拉扯與掙扎，竟也慢慢撐過最難熬的那段時間。回頭問孩子：「還記得自己那時候一直哭嗎？」孩子們竟搖搖頭，表示都忘光了。

當時那反覆糾結的心情，對他們來說，或許只如過眼雲煙，卻深深烙印在我的心底，至今只要一回想，內心那個好不容易鬆開的結又瞬間緊束，只得深呼吸，拍拍自己：「沒事的，都過去了。」

送孩子上學的初期即便辛苦，仍穿插各種小小幸福，像暴風雨肆虐後的大樹，疲憊低垂的枝條與葉片之間，忽然長出一顆顆發光的小果子。

當時還沒上學，一歲左右的小雪，總是坐在推車上，和我一起送姐姐上學。某個有雨的早晨，陪伴姐姐上學的路上，我們聽見雨水不知打在什麼上頭，咚、咚、咚的熱鬧非常，循著聲響往前走，只見一塊被擱置在圍牆邊的鏽蝕鐵皮，正被從屋簷不斷落下的雨滴敲響。

我停下腳步，向孩子們說：「你們看，這是雨的樂器。」

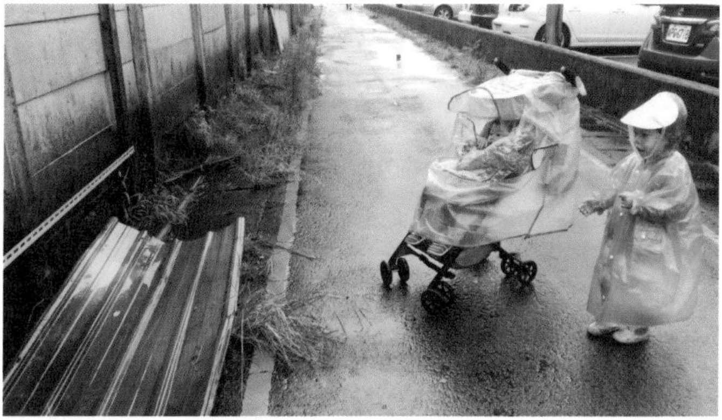

「你們看，這是雨的樂器。」

青專注的看著不斷落下的雨滴，而坐在推車上的小雪，透過雨罩上的一扇小窗，好奇的往外探看。

雪也長大後，和姐姐一起上學，兩個孩子總是沿路嘰哩呱啦的聊天，觀察路邊風景，成為我們最熟悉的日常，孩子們詩意滿滿的話語，總令我回味無窮。

「媽媽，今天的雲好像沙漠——」

「媽媽，為什麼我們每次走到這裡，台灣欒樹就會變色？」

「媽媽，今天（積水）的廣場是水黽樂園！」

當然，並非每天都如此詩意美好，孩

「今天的廣場是水罨樂園！」

子一鬧彆扭，完全不受控的過著馬路，直令人膽顫心驚。

有次，我即興編了個順口溜：

「過馬路啊媽媽牽，不要停在路中間！」

正東張西望過著馬路的孩子們，一聽，眼睛立刻閃閃發亮，直問我剛剛唸了什麼。沒想到這兩句話，後來簡直像咒語一樣，只要我起了頭：「過馬路啊媽媽牽」，孩子們就會停下手邊的玩鬧，接下去跟著唸：「不要停在路中間！」乖乖伸出他們的小手，讓我牽著過馬路。

過斑馬線時，我說：「我們好像踩在

斑馬的背上啊！」孩子們似乎對這意象不怎麼欣賞，他們更喜歡的，是另一個他們自創的「走在蛋糕路上」的版本。

「蛋糕路」的意象，最初，是我和青一起創造出來的。馬路是蛋糕體，上面畫的斑馬線是奶油，路邊的黃線和紅線，是香蕉果醬和草莓果醬，路樹是蛋糕上插的蠟燭，路燈則是拐杖糖，經過的人車都是軟糖和方糖……

嗯，比起「斑馬的背上」，「蛋糕路上」的意象果然豐富多了！

從此我們就常玩「假裝我們走在蛋糕路上」的遊戲，就這樣一邊走，一路瞎掰著蛋糕路的故事，不知不覺就抵達了學校。

累積了上學經驗的孩子們，從一開始的分離焦慮，到現在已能在上學路上自找樂子，一路聊天走進學校。想當初雪還坐在推車上，咿咿呀呀地學說話，現在經過廣場時，兩姐弟賽跑起來，弟弟已能輕鬆跑贏大自己一歲多的姐姐了。

這條上學之路，走著走著，兩個小不點就這麼長大了。

經過廣場的路

從家裡到學校，有好幾條路線可選，我們後來都固定走「會經過廣場」的路線，步行距離雖不是最短，但沿途車流量最少，路過開闊的廣場時，孩子們總是特別開心。

晴天時，廣場上有人散步、跳土風舞、練劍或者打球，有時不知是誰在地上撒了幾把米粒，吸引成群的麻雀前來啄食，孩子們最愛奔跑過去嚇飛鳥群，然後捏一捏地上還沒被鳥兒吃盡的白米。

下雨時，廣場上有一窪一窪的積水，穿著雨鞋的孩子們最愛啪噠啪噠地踩水，對水窪裡自己的倒影又叫又笑。

廣場邊的台灣欒樹，總是吸引我們的目光。每當炎熱的夏季伴隨蟬聲而起，台灣欒樹已是滿頭翠綠的葉。到了秋天，台灣欒樹漸漸開出滿樹的亮黃色迷你小花，像雪花一樣飄落滿地，緊接著又長出紅色的球形蒴果，預言冬季的到來。隨天氣逐漸轉冷，成熟的蒴果慢慢染成棕色，掉落在地上被風吹得四處滾動，穿著羽絨外套的我與孩子們，就這麼在廣場上追著蒴果跑。

雪喜歡撿地上的欒樹枯枝，說那是「羅賴把」（螺絲起子），青則喜歡圓滾滾的蒴果，將它一片片打開來，取出裡頭的種子，像一顆顆黑亮的小珍珠。

春天時，台灣欒樹下，出現鮮紅色的鞘翅目蟲子，總是成群出現的牠們，顏色與身形像極了中藥材中的「枸杞」。

「我們就叫牠『枸杞蟲』吧。」我說。

地上滿滿的枸杞蟲四處爬動，令人不禁產生些許的「密集恐懼症」，或許這是人與生俱來的反應，幼小的孩子一看，便撿起掉落地面的欒樹枯枝，上前驅趕與撲殺。

我上網查找，才知道小蟲的學名是「紅姬緣椿象」。椿象們的群聚現象始於春天，隨著春天結束，他們的蹤跡也將自然消失。這些小蟲並不危害人類或是欒樹本身，身上的鮮豔色彩，當然和枸杞一點關係也沒有，而是自我保護，用來威嚇他們的天敵——那群在廣場啄米的麻雀們。

我趕緊阻止孩子，向他們解釋這些蟲子並不是害蟲，有另一種叫做「荔枝椿象」的，才會大量聚集迫使樹木死亡，令種植者頭痛。孩子們聽了，只得悻悻然放下手中的樹枝，跑到一旁去玩。

台灣欒樹的葉色四季分明，綠、黃、橙、紅的色彩變遷，給我和孩子們很深的印象，孩子們因此對四季更迭有了些許概念，他們逐漸了解到，時間是不斷循環的「春、夏、秋、冬」，這次的花期過去了，下次還會再來。

有一年的冬天尾聲，廣場邊來了一群工人，擎起電鋸朝一棵棵的台灣欒樹「砍頭」，雖然不知砍樹的目的為何，但一整排光禿禿的台灣欒樹，看起來空虛又冷清，使冬季的廣場更顯蕭瑟。

沒有蒴果與枝條可撿的那年冬天，孩子們百無聊賴，搓起吃剩的麵包屑餵麻雀。這天，青在一戶人家圍牆邊發現了一隻椈杞蟲的蹤跡，原來有一戶人家在院子裡種了一棵欒樹，因為不是路樹而免於被砍頭的命運。探出圍牆外的欒樹，掉出少許枯枝和蒴果，抬頭一望，樹枝上已開始冒出青翠的嫩芽。

不過幾週，有天我們經過廣場邊那排被砍頭的台灣欒樹，不知道什麼時候，它們竟也在砍去的部分紛紛冒出新枝，長了新芽，我興奮地指向那些細小的綠點，邀孩子們一起看，原來冬天就這麼過去，春天已悄悄到來。

植物的象徵

夏天時對流旺盛，雨總是來得又急又兇，那株從圍牆邊探出的欒樹，受到大雨摧折，一整截樹枝從大樹上被狠狠折斷，垂落在圍牆邊十分顯眼。

孩子們指向那截樹枝，對我說：「媽媽，我覺得這個很漂亮！」我聽了頗為訝異，原來在成人眼中看來那麼殘缺與悲愁的畫面，在他們眼中竟是美麗的。

過了幾天，斷枝上的綠葉開始轉為枯黃，我再問：「這樣還有漂亮嗎？」他們毫不考慮地說：「還是很漂亮啊！」

雨下完了，接連數日的艷陽後，我們住的大樓周邊花圃中，缺水的植栽紛紛枯黃，一枝一枝的插在乾燥的泥土裡，垂散萎縮的葉片。

我對著孩子說：「你們看，植物都渴死了。」

孩子們看著植物，轉頭對我說：「可是我覺得，那樣也蠻漂亮的。」

我驚訝的問：「那你們覺得綠綠的比較漂亮，還是像這樣黃黃的比較漂亮呢？」孩子們不假思索說：「都很漂亮啊！」

孩子們的審美還真奇特——不過，為什麼會和大人之間，存在如此大的差異呢？我想，或許，是因為他們不像大人，早已習慣將事物連結到其所「背負」的

「媽媽，我覺得這個很漂亮！」

某些負面象徵吧。

比如葉子枯黃後，緊接的就是死亡。失去生命的植物，令我們聯想到人類的死亡，我們因此而消沉感傷。很多時候我們還沒好好的觀察眼前的事物，就急著去想接下來會怎樣，以及事物背後種種的意涵，我們擁有太多固化的想像，不由自主的接受悲觀的暗示……我想，這就是大人們總是煩惱的由來吧。

孩子們因為沒有這些，反而可以「客觀」的欣賞眼前萬物，單純享受事物的造型與色彩，難怪孩子們畫出來的畫總和大人那麼不同，有著大人永遠模仿不來的質感與生命力。

但孩子總會長大，長成一個一個的大人，他們的「象徵庫」會愈來愈豐富，最終，他們也將為枯葉而感傷，為雨季而陰鬱，但此刻，就讓他們好好享受自己的童年吧，而有幸成為母親的我，也跟著孩子們一起，在他們無比童真的世界裡，一日一日的反覆溫習，我那早已失去的童心。

◆

今天，我們走在蛋糕路上

夜雨降下
路面成為溼軟麵糊
一隻大手從天而降
握著巨大攪拌棒
灑下糖與蛋，畫圓攪拌
轉動開關，啟動
一個名為「早晨」的巨大烤箱
以逐漸加溫的陽光烘烤
順道點亮一根根路樹

樹叢裡飛出鳥兒高唱：
「祝你生日快樂」

你換下睡衣準備出門
背起幼兒園書包
像小螞蟻背著方糖
你說今天，我們走在蛋糕路上
經過的車是移動的糖
招牌都是餅乾
馬路上的畫線
是我們沿路擠的果醬

昨晚，你的夢

是一層毛玻璃
透過它，你看見
夜裡那雙大手
將蛋糕馬路置於「世界」
這個圓形架子上
為了均勻塗抹奶油
要不斷旋轉

你突然停下
看向雙腳深陷雪白奶油
你裹足向我索討擁抱
眼淚一下子湧出
嘩啦嘩啦朝我腳踝淹上

蛋糕路變成黏呼呼的河流
彩色巧克力米糊成一團
水果切片漂浮起來
我抓住其中一片
你最愛的水蜜桃
讓它載著我們
抵達學校

烏雲終於烤乾
一顆顆潔白棉花糖
紛紛降落校園屋頂
你說學校是一大塊
棉花糖蛋糕

那也是昨夜你在夢裡
趕工完成的——

最後一個擁抱
眼淚的河流退潮
道別切莫冗長
在這香甜的一天
我們終於又完成一次
艱難的離別練習

我的女兒在母親節扮一棵樹

化身為樹的女兒

女兒將滿四歲那年，幼兒園舉辦一場母親節慶祝活動，讓中班的孩子們演出一場別開生面的短劇。

我好奇女兒會演什麼角色，放學時去接孩子時，老師說，今天讓孩子帶戲服回家，並神秘兮兮的告訴我：「馬麻，我讓青演一個超適合她的角色……」

「真的嗎？是什麼？」我興奮的問。

「一棵樹！只要站在那邊不動就好了，絕對沒有人可以演得比她更好了！」

老師解釋說，這年紀的孩子都很不受控，要他們演樹一定會動來動去……我難掩尷尬，看了看在一旁穿鞋的青，年紀還小的她，或許還不知道被分配到「演樹」是什麼意思，但身為大人的我，一聽就明白，老師們想必是絞盡腦汁，才幫她想到這個其實根本不需要演的角色……

回到家之後，我好奇「樹」的服裝是什麼，看著青從書包拿出來，那是一襲從頭包到腳的樹幹服裝，只露出臉孔的部分——

「我想穿穿看！」

看青如此興奮，我便幫忙她穿上，我想，只要她自己不感到扮演一棵樹是件「奇怪」的事就好，小小孩穿上樹的服裝倒也相當可愛，我忍不著咖擦咖擦幫她拍了好多照。

隔天，去了活動現場，看老師牽著無法自由行走的「樹」慢慢上台，站定在

青扮演「一棵樹」。

舞台的正中央，在台上的她不需做任何動作，只要靜靜站著，看身邊的小雞、兔子、獅子等小動物繞著自己跑來跑去，就這樣盡責的「演」完了一齣戲。

那時，我只覺得既荒謬又可愛，不料，幾個月後，老師終於開啟了那個一直困擾著我的話題。

「馬麻，請問您有聽過『選擇性緘默症』嗎？」

我點點頭，心想「來了！」認真面對的時刻，終於到來。

其實，青還很小時，我便察覺到

她與其他孩子有些不太一樣的地方：在人群熱絡的場合裡，特別容易哭鬧，與朋友的孩子一起玩時，經常表現出不明所以的抗拒，情緒滿溢與生氣的頻率，似乎比其他孩子都要高得多。

偶然在朋友的臉書看見一則轉貼文章，提及「選擇性緘默症」（selective mutism），一種受極端焦慮而造成的緘默狀態，在特定環境（如學校）無法開口說話，表情呆滯，甚至身體無法動彈……

那是我第一次看見這個名詞，詳讀內容後，當下驚覺：「怎麼跟我的女兒這麼像！」趕緊搜尋市面上所有相關的書籍，卻在浩瀚的精神病學書海中，只找到兩本翻譯自國外的專書，裡頭舉出許多臨床病例及治療方案，只是愈看，我愈迷糊了，總覺得我的孩子似乎是，又似乎不是……

過往詢問老師，老師都只說：「她只是不太說話，比較內向，很正常啊！」很難想像，在家中語速驚人，聒噪無比的女兒，在學校卻不太說話，表現內向？只是我想，就連每天與孩子相處八小時，經驗豐富的幼教老師都看不出異狀，或許，女兒就像人們常說的「在校像條蟲，在家一條龍」，是我想得太多？

就這樣，在無數次的猶豫與猜測之間，我終究未曾採取任何行動。

直到這天，老師在一場研習活動中，無意間接觸到「選擇性緘默症」的資訊，這才發現我女兒的狀況似乎十分吻合，原本只以為孩子是內向害羞，但仔細思量，才恍然大悟：「啊！這兩年來，幾乎都沒聽過她的聲音啊！」

我並不責怪老師後知後覺，畢竟，這名詞實在太罕見，況且，要不是老師在發現的第一時間向我告知，使我終於確定了帶女兒就醫的決心，或許女兒將更晚確診，而錯過黃金治療期。

早療之旅

女兒確診這年是四歲，書上說，選擇性緘默症的黃金治療期是六歲以前，也就是上小學之前。我內心倒數著只剩下最後一年多的黃金治療期，不免焦慮難安。

每個月去一趟醫院，向醫師報告孩子的狀況，聽醫師給予零星的建議，對孩子的進展來說，似乎起不了太多變化，不斷詢問下，終於在孩子大班下學期時，獲得每周一次的「治療」。

所謂「治療」，是在一個擺放各種玩具的遊戲室內，與醫師一對一的玩遊戲。醫師總是溫柔的詢問女兒：「今天想玩什麼呢？」，接著就陪女兒玩上整整一個小時。

閱讀更多早療的文章與書籍後，我才約略知道，原來這類的治療，是在遊戲互動中，藉由許多「隱喻」來引導孩子，讓他們從中學習人際互動技巧。

國中時，我曾著迷於一些心理學相關的小說，我總是十分訝異，在人類那小小的腦殼中，竟運轉著大量的象徵與隱喻，對我來說，那就像「詩」一樣神秘，沒想到，多年過去，等我有了自己的孩子，竟要親身經驗心理學中各種錯綜複雜的狀況，那深藏在女兒腦中，怎樣都理不清的線頭。

對身為母親的我來說，當小說故事成為了現實，那令人著迷的神秘感與詩意，便轉為無比深沉的壓力與煩惱。終日承受孩子各種最直接的情緒，生氣抓狂，開心大笑，全都左右我的心緒，面對著有別於常人邏輯的特殊孩子，我卻無法解析她的各種情緒來源，總因此感到無比沮喪。

雖然很想知道女兒到底在想些什麼，但基於年紀，她甚至不明白自己的狀況，對自己的思路更是說不出個所以然，我只能默默從旁觀察，不斷紀錄那些充滿隱喻與象徵的片刻，提供女兒的各種情緒起伏與人際互動狀況，供醫師參考。

後來我才得知，原來姐姐在學校，就連對弟弟也無法開口說話。一直到弟弟也升上中班，姐弟倆因中大班混齡而進入同一班就讀，換了教室、老師與同學的組合，我和老師商量，讓我和爸爸每週一次進入校園說故事、帶活動，將校園營造為類似「第二個家」的情境氛圍。

漸漸的，姐姐終於開始能對共享生活經驗的弟弟耳語，接著進展為以正常音量說話，在各種有利的條件塑造下，姐姐的狀況逐漸好轉。幼兒園的最後一個學期，參加校內舉辦的親子活動時，我看見女兒和她身旁的同學小小聲的說話，我的眼淚幾乎奪眶而出。

有天，我們在外用餐時，女兒忽然拿起兒童用的塑膠餐刀，放到自己嘴巴上，做出「切割」的動作，我嚇了一大跳趕緊制止，她才笑嘻嘻的說，她剛生出來時沒有嘴巴，是醫生叔叔幫她「割出」一個嘴巴，她才能說話的——這畫面聽來好駭人，卻不得不說，真是象徵飽滿啊！

至今，女兒對我來說，仍是一個解不開的謎團，她像一首隱晦的詩，從字面上幾乎讀不出完整的意思，那包含太多的指涉，但我卻被深深吸引進去，一旦走進這座巨大的迷宮，便無從脫困。我得有更多耐心，等她好好的長大，屆時再問她，不知她是否願意為我解答？

相對於姐姐，弟弟則是一首明亮的詩，在度過連日陰霾之後，開窗終於透入的陽光——除了我與爸爸、老師與醫師之外，更重要的，我想是因為當時有了弟弟的陪伴，是他伸出了小手，轉動那扇門的門把，把姐姐從上鎖已久的門中，輕輕的牽引出來。

可愛的小樹

最後一個學期即將結束，很快的，迎來了幼兒園畢業典禮。女兒人生中第一場畢業典禮哄哄鬧鬧的展開，原本對她的狀況已經大為放心，我和丈夫的心緒卻在這天隨著女兒的表現而劇烈起伏。

出門前，女兒便鬧脾氣說，要換下自己挑選的那件洋裝，只見已經快要遲到，我只好趕緊抓幾件女兒常穿的衣服塞入包包，拉著泣不成聲的女兒出門。

女兒一路哭著，在會場門口，所有老師包圍過來，要給孩子畢業生的祝福，女兒這下哭得更加慘烈，我向老師們說明後，決定先替她換下衣服，並取消讓她上台授獎，只是一路走進會場，女兒的哭泣仍未停歇，直到坐定位後，她像是幾乎失去力氣般，整個人癱倒在桌上，持續無助的流淚。

其實，女兒平常在我面前哭，通常是帶著憤怒，像這樣無力而退縮的哭法，是極為少見的，看到這一幕，我便了解，當下的她，肯定正處於不由自主的極端焦慮。

我彷彿看見，此刻，女兒身上像是綁著鉛塊，往深深的焦慮之海不斷下沉，但不諳游泳的我，卻只能眼睜睜看著她愈陷愈深。我的腦袋不斷運轉，終於想到一個或許可行的方法，趕緊請丈夫一路跑回家，帶來女兒最愛的書。一接過書，女兒彷彿抓住浮木，一頁接一頁專注的閱讀，這才終於轉移了情緒。

那次的突發狀況彷彿預言，緩緩揭開下一場令人隱隱不安的序幕。

進入小學後，因為環境的巨大轉變，乍然失去弟弟陪伴的青，又再度退回到緘默狀態，我再度心急如焚，開始為她設想各種可能的狀況、求助身邊有特教相關背景的朋友、透過輔導室幫忙、與新導師密切聯繫……

兩年，就這樣又過去了，至今，女兒仍未能開口說話，但各種情況顯示，目前的她，至少已熟悉環境，在學校裡尚能自在學習，漸漸長大之後的她，也開始能夠一點一滴的與我討論自己的狀況，即便那對一個想傾盡全力，幫助孩子的母親來說，那些有限的情報仍只算是冰山一角。

人，原本就無法期望能完全讀懂另一個人，身為一名母親，即便只能看見孩子嶄露出來的那一小角，仍會毫無保留，深愛著孩子的全部。

我永遠忘不了那年的母親節，女兒穿著「樹裝」，站在舞台上不安的模樣，換下樹裝後的她，冒著滿頭汗水的模樣，跟隨著老師口令，小小的手中拿一朵花，站在我面前，微笑著將花朵遞給我的模樣……

那就是我最愛的一棵小樹，真正的模樣。

我多麼希望，女兒也能感知到媽媽對她投入的愛，即便身處種種困難，也能深深認同，愛自己最原本的模樣，找到克服一切的方法，在這充滿變化的世界中，安適穩當的生活著。

◆

我的女兒在母親節扮一棵樹

兔子歡跳
鳥兒紛飛
獅子張開大口
隱匿於草叢
音樂歡騰
麥克風遞給主角：
一隻才剛破殼
臺詞支吾的小雞
背景裡，站著一棵
無人注目，靜定低調的樹
枝條新鮮，綠葉繁茂

橢圓形樹洞裡，露出
一張小巧臉蛋——

今天，我的女兒扮演一棵樹

她未曾知曉
自己確實曾是一顆
小小的種子
種在我的身體
那時我是泥土
以羊水澆灌，使她發芽
她無從知悉
自己長大後的模樣

我也無法預料
她會開花嗎？
會結果嗎？
離開我的身體之後
我們還會一直相愛嗎？

小雞終於說出
第一句完整臺詞
像牙牙學語的孩子
終於說出第一個字
掌聲與歡笑響起
善良的獅子沒有吃掉其他動物
牠們成為好朋友

繞著女兒扮的樹轉圈跳舞
無人問津的樹
只是骨碌碌轉動眼睛
偷偷望向我
忘了按照老師指示：
「微笑。」

或許樹本就不該笑
樹該總是靜定的
除非她被魔法棒一指
變身成為女孩
她會奔向我，成為
我懷裡的一隻貓

眼皮一單一雙
像有著雙色眼珠的貓
那樣獨特，不愛人群
害羞怕生，與長輩無緣
與我近似的性格

動物們準備離開
下臺一鞠躬
我深愛的那棵樹
仍留在原地
她是否已默默
生出了根，紮入舞臺？
只見老師朝她張開雙臂

一把將樹拔起、搬離
觀眾終於注意到她
那樣可愛盡責
不願離開泥土的
一棵小小的樹

女兒說她喜歡扮樹
不愛當一隻
蹦跳的粉紅兔子
羽翼炫人的小鳥
鬃毛高調的獅子
或集中目光的小雞；
樹用滿頭的葉子

遮去耀眼的陽光
只在地面留下層層疊疊
斑駁搖曳的影子
經過的人們從不知道自己
被樹蓋了印章
葉子摩擦的聲音
像鈴鐺
樹皮的汁液
有淡淡的果香
只是
當她褪去樹皮之後
她還會不會喜歡
自己的模樣？

留在樹洞裡的祕密
是否願意
與我分享？

那就這樣吧
我親愛的女兒
妳有妳自己的模樣
不全然與我一樣
別人總是說得太多
缺乏意義的行止如儀
我們只要靜靜的擁抱
在你小小心靈的居所
安心穩當的相望

褪下戲服的女兒
搓著我的頭髮
彷彿在那末端，也漸漸生出
一片一片，層層疊疊的
綠色葉子

親愛的新白

潛入孩子的夢裡

孩子們上了幼兒園，有大把時間不在我身邊，據說，父母不在身邊時，孩子們反而表現得比較獨立，在學校和在家裡，有時甚至判若兩人。

某次在臉書上，看見一位旅居日本的台灣媽媽分享，孩子的幼兒園裡舉辦一場特別的活動，讓媽媽們偷偷潛入校園，一窺自己的孩子在學校裡的模樣。為了

不被發現，當天進入校園的媽媽喬裝成打掃阿姨，煞有其事的擦桌抹地，偷偷摸摸觀察自己的小孩……

那畫面實在太爆笑了！但我忍不住羨慕，心想要是我家子的學校也辦這種活動該有多好，我也超想偷看孩子在學校裡的樣子啊！

某次，參加家長座談會時，我鼓起勇氣舉手提出這點子，可惜校方絲毫不為所動，畢竟對校方來說，辦這種活動還是太麻煩了吧。

「孩子在校表現如何？」

「上才藝班時有沒有專心？」

「去褓姆家時聽話嗎？」

原本24小時與孩子們分秒不離的母親們，難免好奇孩子不在身邊時的另一面，就連看著睡眠中的孩子，我都好奇他們在夢裡去了哪裡？在他們的潛意識世界裡，孩子們不知都做了些什麼？每回夜裡，被孩子的夢話喚醒之時，我總努力豎起耳朵，想把他們夢中矇矓的話語好好聽個清楚。

有次，雪對我說起他的夢境，一旁的青突然插話，說出接下來的劇情，讓雪不禁瞪大眼睛。

「妳怎麼知道？」

「我就是知道啊——」

看青一臉神秘，我故意說：「姐姐昨晚……可能跑去你的夢裡了吧？」

雪把眼睛瞪得更大了，不斷追問姐姐「真的嗎？」天真的模樣，真是可愛極了。

我說的雖是玩笑話，但若可以的話，我還真想潛入他們的夢裡，一步步跟蹤夢中的孩子，一窺他們最深層的內心世界。我想，若能親眼目睹孩子們夢中各種不可思議的隱喻，便能更了解孩子們最真實的感受吧。

然而，漸漸長大的孩子，不再像幼小的時候，看到什麼有趣的，都想毫不保留的與媽媽分享，反而更傾向於保有自己的秘密，經常在我細問學校裡的瑣事時，神秘兮兮拋下一句：「我才不告訴你！」

是啊，孩子們從母親溫暖的子宮離開之後，就成為了獨立的個體，在孩子誕生的那一刻，既是孩子與母親的初次見面，也是第一次的告別，他們從此有著自己的思考與活動能力，從此成為了「自己」，而不再是「我們」。

身為母親，珍惜每一次與孩子們緊緊的牽手，當他們能夠邁開大步，走向屬於自己的人生時，便是我學習一次又一次放手的時候。

「新白」與「舊白」

雖然無法一覽孩子們的夢境，但孩子們熱愛「角色扮演」，透過他們的自導自演，有時也能印證他們的內心世界。

青兩歲左右時，曾有個十分寶貝，上哪都要帶著的白貓手偶，小小的雪看著姐姐，表示也想要一隻，於是我們又購入另一隻一模一樣的，從此，新的白貓就被稱為「新白」，舊的則叫「舊白」。

姐姐青的白貓是「新白」，弟弟雪的則是「舊白」。青和新白總是形影不離，去哪都要帶著新白，睡覺時，當然也要抱新白，情感連結之深，以致於青漸漸將「新白」內化為自我認同，認為「自己就是新白」，此後再也不准我們喚她原本的名，只能叫她「新白」，而弟弟從此也被姐姐硬性規定，成為了「舊白」。

一開始，我們若是忘了喊姐姐「新白」，她便會氣得跳腳，只是叫久了，我們也就習慣，尷尬的是外出時，當親戚喊她名字，或路人叫她「妹妹」，她便立刻板起臉孔，目露凶光，令人一頭霧水。有著人際焦慮特質的女兒，平時已不太擅長與人互動，遇到這種事時，用生氣的方式表達不安，果真像隻敏感炸毛的貓。

為了解決這尷尬的場面，我總要一次又一次向人道歉與解釋……但我終究對此感到厭煩與惱怒，有天我靈機一動，心想乾脆幫她做一件衣服，直截了當印上「我、是、新、白」四個大字算了！順口提起這念頭，沒想到青竟爽快答應，拿

「『舊白』也要一件！」

起筆就開心的畫起要印在 T-shirt 上的貓咪圖案，隨後，還認真的請爸爸替她寫上：「我、是、新、白」，畫完自己的貓咪之後，又接著畫起第二隻貓。

「『舊白』也要一件！」

還不會說話的弟弟，就這樣莫名的成為了姐姐的隊友與跟班。

爸爸將貓咪圖案和字體拍下來，存入電腦，以繪圖軟體排好版面，送去附近的相館訂做 T-shirt。拿到衣服的隔天，孩子們開心穿出門，果然引起旁人的好奇。

路人一注意到孩子衣服上的字樣，都感到十分有趣的上前詢問：「原來妳叫做

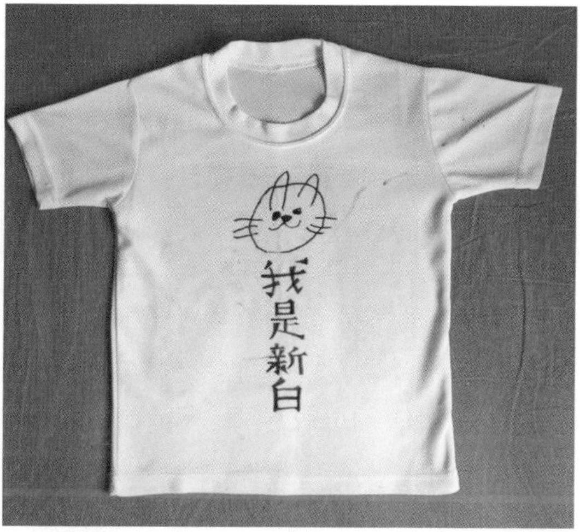

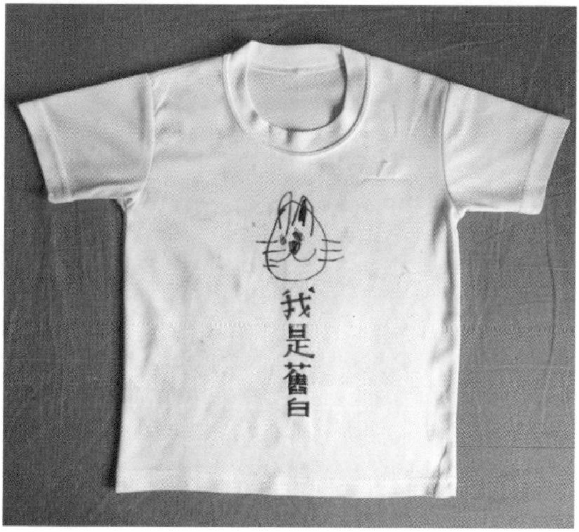

做好的 T-shirt。

穿著「新白」、「舊白」T-shirt 上街的姐弟倆。

新白呀？」我一個箭步上前，正要開口解釋，沒想到青自己興奮的點頭，甚至指著身旁的弟弟，熱情的向路人介紹：「他是『舊白』！」

我驚訝的下巴都要掉下來了，那個總是對陌生人兇狠狠，不給好臉色的炸毛貓咪，這下竟搖身一變，成了溫柔的小可愛……

孩子們就這麼興沖沖的穿了好幾回 T-shirt 外出，此後即便不再穿那件衣服，姐姐似乎也不再針對自己的名稱生氣，彷彿只要被認同個幾次，她便心滿意足。

真沒想到，只不過是兩件簡單的 T-shirt，就解決了令我困擾許久的窘境，看著青用力擁抱著自我認同的模樣，覺得孩子的心理實在很不可思議，我也總算鬆一大口氣，這曾經每天都令我們母女倆糾結個好幾回的事件，就此圓滿落幕。

再見，新白

「新白」和「舊白」這兩隻貓咪手偶，就這樣陪伴著青、雪度過好長一段時間。只不過，幼小的孩子們總不斷搞丟物品，先是遺失了弟弟的「舊白」，最後，就連姐姐最愛的「新白」，也在某次我們帶姐姐回診後，在醫院附近吃飯時搞丟了……

我擔心和新白「相依為命」這麼久的姐姐，會不願接受而瘋狂大哭，於是著急的去電詢問，但結果一無所獲，趕緊又上網搜尋同款貓咪手偶，才發現早就絕版了。

「新白找不回來，也買不到了……」

我無奈的向姐姐宣布這殘酷的事實，隨後摀住耳朵，準備迎接一場撕心裂肺的哭鬧，不料，姐姐非但沒哭，還相當冷靜的接受了，當天晚上沒有抱著新白，竟也順利的入睡。

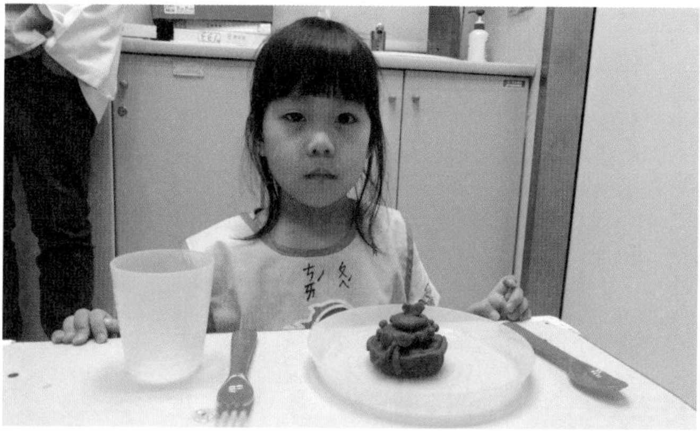

「我現在是ㄘㄞˊㄆㄟˊ了！」

後來有天，青要我幫她在幼兒園的圍兜上，用注音為她寫上一個新名字：「ㄘㄞˊ ㄆㄟˊ」。我好奇問她這兩個字是什麼，原來，青不知從哪裡看來，將「栽培」兩個字，誤認為「栽培」了。

「我現在是『栽培』了，『栽培』比『新白』還要厲害！」

聽青振振有詞，我知道她的成長過程，又默默進入下一階段。然而，「栽培」這角色，並不像過往的「新白」，在日常生活中有太多的著墨。

我對「栽培」幾乎沒什麼印象，回頭翻閱孩子早期大量的塗鴉作品，僅發現一兩幅與「裁培」有關的畫作。我這才想起，原來當時的「裁陪」其實也是一隻貓，只不過形象相當普通，沒什麼特色，在畫中註明的名字，是爸爸在一旁陪畫時，幫忙寫下的另外兩個國字：「才陪」。

「才陪」很快就消失在我們的日常對話中，即便這角色至今仍是個模糊的存在，但我非常確定，當時那個全新的角色，對青來說，一定是個非常重要的蛻變象徵——這時的青，經過半年早療，已漸漸克服在學校的緘默狀態，從原本的『新白』，緩緩變身為『才陪』，正因如此，她才會對新白的遺失如此釋懷吧！

到頭來，為「新白」的逝去格外傷感的人，反而是我。

畢竟「新白」承載了我們一家太多回憶。一想到新白，就想起青總是抱著新白的模樣，當她睡眠與哭泣，只要將新白遞給她，就能獲得撫慰；每回清洗布偶過後，我和爸爸總用盡辦法，在最短時間內將新白烘乾，只為了讓青睡覺時有貓可抱；有次傍晚時，新白在家附近搞丟了，爸爸趕緊拿著手電筒，出門尋找貓咪，遍尋不著而焦急不已……

牽著孩子們走在路上時，我每每幻覺在路邊的草叢深處，傳來一聲熟悉的貓叫。

「喵……」

親愛的新白，你究竟去了哪裡？這次我們是真的失去了你，不知你是否仍在某個角落獨自啜泣，還是進入了另一個家庭，成為某個孩子的新寵？

至今每隔一段時間，我仍會上網搜尋，看看是否有人轉賣二手的「新白」，然而我總是徒勞無功。或許，對許多人而言，那小小的手偶只是個不太起眼的廉價玩具，幾年後不被珍惜而直接丟棄，因而沒什麼機會出現在二手市場上吧？

進入小學年紀的青與雪，偶爾也淡淡的聊起那隻記憶中的「新白」，那洗過幾十次，毛髮早已不再嶄新的「新白」，就這樣永遠的浮沉在我們的記憶之海中了。

與孩子共度的時光裡，總有各種物件經過，它們一一遁為真實人生中的諸多隱喻與象徵，我總試圖捕捉那些浮光掠影，將那些連結著情感的物件們，化為詩中的重要素材，寫成一首首的詩，如日記般，記載著我與孩子們最珍貴的共處時光。

◆

親愛的新白

送妳一隻白貓布偶
嶄新雪白的毛像霧
霧裡張開一雙
湛藍眼睛，灰色腳蹄
在夢裡踏出腳印；
牠領妳去一個迷宮
那裡沒有妳的母親

卻能聽見她的聲音
樹上結滿果實，一咬開
就播放一則床邊故事
這裡直走，那裡轉彎
轉角的木棉開了，一綹綹棉絮落下
擊中妳的眼睛，長睫毛眨動
上頭有淚，溼溼的
像早晨才開的花

早晨妳醒來找牠
棉被一角露出一截
白色尾巴
「早安，新白。」妳對牠說

陽光下你們重疊成
彼此的影子，幾乎是同時
妳們望向窗外
一隻蝴蝶飛過
新白動了動溼潤的鼻頭
妳頭上冒出一對
尖細耳朵

幼兒園的孩子
在不遠處歡鬧
他們把布偶都留在家裡了
要加入他們嗎？
妳緊抱著「新白」

「去吧。」新白說
牠的眼睛那麼透明
像澄澈的水
令妳看見自己

妳是如此獨特
妳究竟從何而來？
在母親陣痛那天，妳說
妳抱著新白一起
從母親腹中誕生出來
妳毫不懷疑自己
從一開始就是此刻的模樣
昨天過得很快

明天永遠不來
每天都將蛋糕插上蠟燭
新白說：「吹熄它。」
火焰搖晃
有項圈鈴鐺的聲響

睡前，母親為妳關燈
黑夜咀嚼星星
一些星塵像餅乾屑飄落
新白在妳身邊慢慢舊了
妳緊緊抱牠，好像牠的毛
還是那麼雪白

妳說妳不是妳，妳就是新白
若喚妳小孩，白色尾巴
在妳褲子裡炸毛
關於妳是如何變成一隻貓
妳的母親知道，只有妳
能決定自己的模樣
新白，妳的母親允許妳——
我允許妳
親愛的新白

畫錯了

勞作桌

弟弟出生後，姐姐來到喜歡剪剪貼貼的年紀，是時候給她一張勞作桌了。

只是逛遍附近的傢俱行，遍尋不著足夠滿意的，丈夫只好燃起沉寂已久的木工魂，挽起袖子敲敲打打，將一片厚實的木板，釘上四隻圓柱桌腳，擺在緊鄰玩具櫃的位置，木紋桌面上，很快就充滿了各種擦刮與作畫的痕跡。

弟弟漸漸長大，一張小小的勞作桌，已塞不下兩個孩子日漸滿溢的勞作熱情。有次我無意間在家具店看上一張特別的書桌，桌面是一個扁扁的箱子，附有三個細細扁扁的小抽屜，正適合用來收納孩子們平常散落在桌面上的那些勞作小工具。和丈夫商量後，當下買了兩張回家。

書桌原本附的桌腳是鐵件，由於並非兒童家具，無法調整高度，為了配合孩子的身高，先生將家中剩餘的木料裁切下來，做成適合孩子使用的桌腳。

客廳空間實在有限，我們只得撤去那個陪伴我們已久的玩具櫃，如此才能將兩張勞作桌並排放置。畢竟，孩子們的生活重心逐漸轉向勞作桌，玩玩具的時間大幅下降，我整理出孩子們目前仍常玩的幾樣玩具，控制數量，收納在書櫃的一角。

孩子們的勞作桌總是凌亂，整理起來雖令人煩躁，時不時卻能獲得各種小驚喜，一團碎紙中，有時忽然冒出一朵精緻小花，被揉皺的紙張一角，探出一隻生動的貓咪……

兩個孩子的勞作風格各異，觀賞他們的作品時，有不同的樂趣。

姐姐生性謹慎，較守規矩，很快就能畫出具象圖案，甚至發展成連環漫畫；而豪邁大膽的弟弟，先是從繪畫工具開始玩起，潛心研究各類媒材的質感，感受顏料沾附於紙上的色彩差異，而不急於進行真正的「繪畫」。

勞作桌旁的孩子們，總是專注的忙於手邊的事，看紙張與筆觸透過自己的手，產生各種變化，享受創作中最純粹的快樂，不預設任何目標，不必考慮桌面與地板是否被弄髒，只要將自己徹底投入一片無邊無際的創作天空，張開翅膀自由翱翔，哪裡好玩，就飛到哪裡去看看，累了，就停下來發呆。

這年紀的孩子，當然也有不愛畫畫，或對勞作興致缺缺的，但他們總是能找到其他的創作樂趣，比起靜靜的畫畫與勞作，他們或許更喜歡結合動態的形式：一把能噴灑顏料的水槍，或是動動身體，製造出各種影子，世界上千變萬化的微小事物，都能啟動孩子們無遠弗屆的想像力。在長大之前，每個孩子對創作的需求與渴望，想必都是同樣的。

畫錯了

還記得小時候，我最愛畫畫了。

我常蹲在地上，用粉筆在住家前的水泥騎樓地板上塗塗畫畫，等我畫夠了，媽媽便提來一桶水，嘩啦一聲倒下，刷去粉末痕跡，如此便又是一張全新的地板畫布，那種毫無拘束的創作感受，至今仍然難忘。

有次我興致一來，拿起原子筆，便畫起客廳裡，那張阿公的木頭書桌。堅硬的原子筆筆尖，每畫下一筆，桌子表面的漆便被刮去一道，顯現出原始的木頭質地，一刻一畫之間，雕刻般的紋理愈來愈豐富，我愈畫愈起勁，從桌面一直畫到桌子的側面，正當畫得忘我時，充滿威嚴的阿公朝我走來。

「啊——你哪會共我的桌仔畫甲按呢？」（啊！你怎麼把我的桌子畫成這樣？）

我心虛的連一句話都說不出口，那瞬間愧咎又抱歉的感覺，正像原子筆筆尖刻入木桌，深深刻進我的記憶裡頭。

當然，站在成人的立場，維持空間整潔是必須的，但對孩子而言，他們只在乎畫畫的當下，忘我的孩子們，除了眼前的繪畫，他們看不見，也聽不見四週的一切。

仔細回想，自己上一次這樣專注無我的投入繪畫，是什麼時候呢？或許，很多人長大以後，就不再畫畫了吧？因為我們對「畫畫」這兩個字的概念早已僵固了。

首先，要有一張桌子、一盞檯燈，和一張純白畫紙，要畫，就只能畫在白紙上四四方方的小空間內，盡量避免弄髒桌面。第一步驟，先打草稿，顏色不能畫出框線之外，畫出來的「人」，必須要有「人的樣子」，太陽、雲和花草，都有其固定的模樣……

長大後的世界存在各種「範本」，上美勞課時必須依循老師訂出來的標準，最後，每個人畫出來的都差不多，背負著必須「模仿」的壓力，久而久之，孩子們也就不再對畫畫感到興趣了。

印象中，爸媽曾帶我們家中四個孩子去機場參加寫生比賽，題目是「畫飛機」，我畫了又擦，擦了又畫，怎麼畫都不滿意，猶豫許久無法下筆，最後時間來不及，草草交件後大哭一場。

還有一次，我從學校帶回畫畫作業，卻遲遲不知該怎麼畫才好，眼看時間愈來愈晚，我愈來愈心急，最後，媽媽擔心我無法睡覺，便接過我的畫，動手在畫面正中央畫出一隻羽翼斑斕的雞。那隻雞實在太漂亮了，分明是大人的筆觸，隔天，我戰戰兢兢交給老師，深怕被老師發現真相而忐忑不已……

雪剛上小一時，第一個畫畫作業是「自畫像」，他因為從未畫過「人」而繳了白卷。老師通融，讓他帶回家裡畫，只是，望著那張帶回來的白紙，雪仍遲遲無法下筆，苦惱著掉下委屈的眼淚。

最後，我們鼓勵他用拼貼的方式，貼出他所觀察到的「人」，終於讓雪開心的躍躍欲試，手很巧的他，甚至仔細的剪貼出新學期制服的各種細節。只不過，隔天交出作業，回到家時，他有些落寞的告訴我，老師說：「下次一定要用畫的，不能用拼貼的……」

其實老師有她的考量，這張圖要貼在教室的壁報上，二十八個孩子各畫一張排列起來，或許風格統一會比較理想吧。

為此我思考良久，畢竟我總引導孩子「在規律中求變化」、「答案不只有一個」、「大人也會犯錯」等等觀念，但孩子終究不可避免的進入社會化過程，而小學階段，確實像是踏入一個小型社會的開始，身為母親的我，又該如何在柔性、不帶給他人麻煩的前提下，鼓勵孩子能好好表達與發展自己獨特的思想呢？畢竟，我自己就是標準「害怕畫錯」的性格呀！

像我這樣的個性，一直持續到我長大，進入我熱愛的藝術創作領域時，便成為我創意發展的阻礙，我一直想要突破這樣容易忐忑不安的性格，總是提醒自己，對自己內心深處的那個小孩喊話：「喂！畫錯了又怎麼樣呢？」

天生的藝術家

我很喜歡觀察正在繪畫中的孩子，他們總是心無旁鶩，隨著畫中人物牽動細微的面部表情，時而皺眉，時而嘴角上揚，還會適時替繪畫場景配上音效。雪幼兒園的時候，就經常一邊畫，一邊發出坦克發射砲彈的聲音，青則是在畫漫畫時，表情隨人物的喜怒哀樂變化而眨眼皺眉，不時還與畫中角色對話一番，嘰嘰咕咕說個沒完沒了。

有一陣子，青和雪每天都要把自己睡前的畫擺在枕頭底下，說是這樣作夢的時候，就可以夢到了！孩子們也愛將自己得意的畫作貼在牆上，他們總是擁有強烈的自我表達慾望，只要有人願意聽他們的故事，他們會抓著你說個不停。

我想，給予孩子們自由畫畫的彈性，或許他便不會害怕去畫，他們是如此驕傲於自己的創作，要是可以一直創作下去，不受到負面攻擊或者嘲笑影響，他們肯定視自己為全世界最厲害的藝術家了！

許多全職從事藝術創作之人，為了生活，在創作時不得不去想：這次的創作要去哪裡發表？可以拿到多少補助金？會不會受到歡迎？能不能為自己創造其他成名的機會？然而，天真的孩子們什麼也沒想，只一心沉浸在自己的創作之中，那麼純真的快樂，真令人羨慕不已。

兒童初期的作畫行為是天生的本能，就像走路、吃飯般自然。孩子的畫是印象派的，根據「他們理解的特徵」，加上「能夠運用的有限技術」，畫出他們認知中的世界。我永遠記得，雪還好小的時候，曾拿著一張印有笑臉的圖卡，和一張他自己照著畫的「臉」，咚咚咚的跑來，得意地問我說：「媽媽，我畫得很像對不對？」

看著雪畫的人臉歪歪扭扭，對比打印在圖卡上那張筆觸工整的笑臉，我壓抑住爆笑的心情，用力點了頭：「嗯，真的很像呢！」

看著他蹦蹦跳跳離去的背影，我想，像或不像其實一點也不重要，只要他畫得開心，勇於表達自己的想法，那就是最「像」他自己，最美好的樣子了。

「媽媽，我畫得很像對不對？」

◆

書包

新書包來了
替你工整的寫上名字
讓你背上，看你遲疑
走進教室

你將書包放進
屬於你的一小方位置
教室很大嗎，或者太窄？
桌椅是否過高，或者過矮？

從窗射入的光是否剛好
點亮你眼睛？
課本的內容有趣嗎？
令你離這世界更近一些嗎？

你的心靈，會與其他孩子一起
被方正的書包
壓製成同一種形狀嗎？
拍照時比YA，跟隨指令
閉嘴，拍手，轉圈
發呆被制止時，安分的接受了嗎？

新的書包，你喜歡嗎？

其實它不需要保持得很乾淨
你可以用它來擋雨
我們可以縫上任何
你喜歡的東西
如果想哭
它替你遮住眼睛

朝裡頭吶喊
聽不見我的聲音
但有你上學途中
踩著落葉沙沙的回音
有你穿著雨鞋，踩廣場的水
啪嗒啪嗒的聲音

細細去聽，用它裝滿更多
屬於你自己的聲音

放學的時候，你背它回家
它令你腳步沉重嗎？
你可以唱那首我們編的歌
小小的音符掛上書包，輕搖晃盪
跑快一些，甩動它
轟然一聲
它張開翅膀

寫作文

作文

準備演講內容時，特地回了一趟娘家。

因為離家很長一段時間了，房間空蕩蕩的，唰一聲從床底拉出一個長扁型塑膠整理箱，我將箱子打開，翻閱裡頭疊得滿滿的筆記與紙張，是我從國中開始寫的日記、作文簿和模擬考作文卷。

房間外封了窗的陽台，還擺著一座書櫃，裡頭有歷年的畢業紀念冊，和我發表過作品的高中校刊，我將那些「史料」一一翻出，過往的記憶一下子湧來。

自己究竟是怎麼長成現在的模樣呢？

看著自己小時候寫的作文，不禁笑出來。乖乖牌的我，聰明的將所有容易得分的「語言組合」拼湊起來，寫成言不由衷的話語，當時的我缺乏獨立思考的能力，寫作文對我來說，只不過是把書本上的八股思想重新複製，硬著頭皮一次又一次，擎起筆桿，衝過槍林彈雨的考試戰場。

公式化寫作，最終都導向某種政治正確，即便當時的自己總是困惑，在那高壓的填鴨教育底下，已不知該如何寫出真誠的文字，卻未能意識到其中的荒謬。

如今，我們這世代成為了當今的教育者，許多人努力突破過往的教育方式，但也有許多人仍困在過去所習慣的填鴨思想之中，把類似的意識形態不經意地傳遞給下一代。當我面對純真的孩子，我也常困惑，那些不該有標準答案的眾多事物，理應具有各種彈性，才能使孩子們真正擁有自主思考的能力與自由。然而，當孩子們看見周遭環境中的人們，大多仍傾向於某些標準答案時，卻不由自主的走上相同的道路。

就拿寫作文來說，孩子們將來會遇到什麼樣的老師，都是緣分，我們無法預測或控制，孩子遇見的老師能夠有多大的彈性，給予孩子多少發展空間。我該如何引導孩子克服一些似是而非的狀態，面對「權威」的教育者，我的孩子能否在合理範圍內，有足夠的勇氣去挑戰？

幼小的孩子們創作往往極其自由，那都是因為他們真心想創作。我想，如果能找到真心想寫的東西，寫的過程中就會有樂趣，不會有交差了事的想法。若孩子們的寫作經驗都能盡可能如此，找出寫作的動機，或許孩子便不會太排斥寫作文吧。

雪剛上小一時，分離焦慮十分強烈，總在校門口拉扯許久，才被老師接進教室，和他聊天的過程中，得知他對新環境害怕的心理，我們鼓勵他將那些過程「寫」出來，由雪唸出內容，請爸爸打字，最後寫成五百字左右的文章：〈我上小一了〉。

大字不識幾個的雪用字樸拙，有著專屬於孩子的可愛語法，我們將幾乎未修改的原始作品寄出投稿，竟幸運獲得低年級組第三名。

有了寫作的自信後，雪後來又寫了一篇〈我愛跑步〉，刊登在小學校刊，我和爸爸興沖沖翻開一看，語句通順，用字毫無瑕疵，四平八穩的行文，和雪當初寫的版本似乎有些許落差。細看才發現，原來交稿前，老師細心的替雪修改多處，讓他原本那些不夠成熟的語感一掃而空。

我問過雪對於此事的感想，想知道他是否因此失望、傷心，還是乖乖接受了？

雪說，雖然他認為沒有必要改，但若是老師要改，他也覺得無妨。剛上小一的雪能同時保有自我認同，也能大方接受老師的批改，不因此而過於失落，隨和而中庸的思考，令我放心不少。

原來，那個在幼兒園階段總愛哭鬧耍賴的雪，穿上小學生制服之後，已默默的長大了。

第一次寫詩

第一次寫作文的經驗，我已記不得了，但說到第一次寫詩，我仍印象深刻，那是小學四年級，我永遠記得當時自己對詩頓悟，那宛如天啟的瞬間。

十歲懵懂的我，完全不知道何謂「寫詩」，只胡亂寫了一首，便排進隊伍等著交給老師，輪到我的時候，老師看了看，似乎認為我不得要領，便順手拿起另一位同學寫的詩，作為範例為我講解。

那首詩的內容是這樣的：

大象，大象
你的鼻子為什麼那麼長？

是不是因為說了謊？

看了同學寫的詩，聽完老師的解析，我才恍然大悟，原來詩是這樣寫的！雖然只有短短三句話，卻有單純從字面上看不出來的「弦外之音」，也可以說是埋在詩裡面的「秘密」。這首詩雖未明說，卻任誰都能讀出其中的典故，來自說謊鼻子就會變長的「小木偶奇遇記」（Pinocchio）。

詩的意思是：大象，為什麼你的鼻子那麼長呢？一定是因為你像「小木偶」一樣說了謊，所以鼻子才變長的吧！從這首詩中，我們彷彿可以看見一位調皮的孩子，因為揭露了大象的秘密，而得意洋洋的模樣，真是生動極了。

這樣簡簡單單的一首詩，讓當時十歲的我受到極大震撼，內心大喊著：「啊！原來這就是詩啊！」當年寫詩的同學激起我無限的崇拜，對他的才華欣羨不已。從此，我開始主動去圖書館借閱童詩集，一路讀詩、寫詩直到現在。

沒想到，這首啟蒙我的詩，在經過二十六年後，我又偶然與它相遇。

有天送完孩子上學，我前往台北參加一個關於日本詩人「窗・道雄」的講座。日治時期，曾在台灣居住二十四年之久的他，對台灣有著濃厚的感情，他的作品充滿溫柔，展現對兒童、土地，甚至對全人類的熱愛，那活到一百歲還能保有純真詩人的心，令我深深景仰。

講座進行到一半，有一首窗・道雄的詩令我豎起耳朵，那是一首名為〈象啊〉的詩。

象啊，象啊，你的鼻子好長呀
是啊
我媽媽的鼻子也這麼長唷
象啊，象啊，你喜歡誰？
這個嘛
我喜歡的人就是媽媽啊

聽到這裡，每個人腦海裡都會自動響起那首兒歌〈大象〉的旋律吧？原來，歌詞的原作者就是窗．道雄，只不過後來被改編，成為另一個廣為流傳的兒歌版本。最後，演講者補充道，其實，除了這兩個版本的「大象」，還有第三個相對冷門的版本〈小象〉，歌詞的內容是這樣的：

小象，小象
你的鼻子為什麼這麼長？
是不是愛撒謊才會變長？

當年內心頓悟的吶喊，化為此刻無奈的苦笑。這荒謬的情境令我腦袋當機，這……不就是當年啟發我的那首「同學寫的」詩嗎？

原來，當年我的詩啟蒙，竟來自一個抄襲事件！但冷靜之後，我想，不如就把這當做一個美麗的誤會吧！畢竟若不是因為這個誤會，或許我的起步會更晚一些，也或許，我根本不會成為一個寫詩的人了吧？

「寫詩」，似乎必須有個偶遇的機緣，或許像我那樣，始於學校裡的教育，或者主動透過課外閱讀來認識，更多也許是來自青少年時期的某一場純純的戀愛，在初次的情感震動下，擦出詩的火花……

然而，我總認為，如果可以的話，孩子們應該更早接觸「詩」才好，那不必然是我們一般所認知的，以文字寫出來的詩，而是生活中隨處可見的「詩」。

和孩子一起觀察生活中的各種細節，從中體會各種喜怒哀樂，那便是最實際的「詩」的教育，即便孩子們不見得會真的動手去寫，但在帶著他們看見「詩」的種種過程裡，孩子們便能經驗到詩中無限溫柔的力量。

第一次投稿

第一次投稿，是高中時被老師欽點，奉命參加的校內文學獎。

雖然一直都在自顧自的寫，卻從未想過要投稿。壓抑的高中時期，我總在打瞌睡中度過漫長的每一天，於是那次投稿，我便寫了首關於「瞌睡」的詩，沒想到竟獲得首獎，後來又好奇而陸續投稿了《桃園青年》與報紙副刊，皆零星的獲得刊登而沾沾自喜。

然而進入大學之後，不知怎麼的，投稿卻一再石沉大海，僅有BBS詩版願意接收我的文字，我一時消沉，不再參加任何競賽性質的投稿，直到研究所遇見同好，才又重新燃起鬥志，重新摸索、自我反省，這才逐漸建立出一套更為嚴謹的創作模式。

說也奇妙，孩子們最初的「創作」目的，是藉由自由揮灑的空間，去認識外在的世界與內在的自己，然而到了某一個階段，若要將「創作」的目的提升為一種「專業」，便不再能夠只是漫無目的、天馬行空，而必須嚴肅看待，限定一個範圍，從中進行相對嚴謹的「鍛鍊」，讓自己成為一名「選手」。

高中畢業後，寫「命題式作文」的機會愈來愈少了，大學裡自由的風氣，使我更能放手書寫任何我想寫的主題，只不過漸漸的我發現，國內許多文學獎，竟都有種「命題式作文」的氣味，除了大報以外，各縣市文學獎都標榜著必須書寫在地題材，面對文學獎的諸多規定，一開始我是抗拒的，因為那彷彿又回到了校園中，那種受限、不自由的體制裡面。

經過一段掙扎的歷程，我才漸漸理解到，原來這是一種必要的鍛鍊。過去的我總是書寫著「自我」，對自己以外的世界極少關心，當受限於必須書寫在地題材時，我不得不去主動收集許多資料，驚訝的發現，自己對在此生長了二十多年的這片土地，竟是如此的陌生！

過去國中、高中六年之間，關於「台灣」的歷史與地理，我竟什麼也沒學到，在那些彷彿與自己無關的大量背誦中，大把的青春就這麼虛擲了。

為此，我開始探索許多歷史資料，理解到過往的歷史裡，竟充滿如此多戲劇性的故事，深深觸動著我，原本對歷史幾乎冷感的我，這才終於開始認識與認同這塊土地，重新建構起自己和土地的關係。

這段歷程，說來似乎挺老掉牙的，但就連我自己也想都沒想過，自己竟會寫出那些「文學獎」作品，那彷彿是個忽然歧出的路線，不知怎麼就跌跌撞撞的走過去了，從此我將自己開發成一個全新的人，用全新的腦袋，寫出有別於過往的詩篇。

過程中，我用詩的語言來重構許多故事，以詩的形式將我所知道的歷史搬演出來，或者加入我自己的經驗，陳述個人感想，如此不斷激盪出各種書寫的可能。我開始學習鋪展書寫的「策略」，設定一個題目，將內容全數攤開後，決定形式，再接著整理出詩的架構與流線，如此認真將詩看待為一個嚴謹的「作品」，和過去僅僅是抒發自我情感，「想到什麼就想什麼」的寫法截然不同。

一轉眼，自己為文學獎「奮鬥」的歷程，竟已十五年了。當年二十五歲才起步的我，以寫作者的年紀來說，已不算太年輕，但或許也正因為這股時間壓力，使我有更強烈的動機，督促自己前進。

我曾接受無數次落榜的挫折，也偶爾獲得名次的鼓勵，幾年下來，挑戰許多過去我完全不可能書寫的作品，在過程中不斷思考各種突破現狀的可能性。比方嘗試用陌生的台語文，去書寫台語詩，也走出詩的類別，書寫散文、小說、劇本、兒童文學等，多方嘗試，在各種類型之間，激盪出更多可能。

一直到現在，我仍時常覺得自己應該「更瘋狂一點」，更放膽去寫，即便已離開校園，脫離填鴨教育那麼久，那種受限的感覺一直都在——不過，這並不能成為推託之辭，不斷突破創作的框架，原本就該是每個創作者一生的功課。

唸詩給孩子聽

與孩子共讀時，我體會到一件事，那就是大人們感受到的詩意，孩子們不一定感受得到，大人覺得有趣的繪本，孩子們不見得喜歡。孩子們的興趣經常是超乎我們想像的，因此，要將「詩」傳遞給孩子，必須擺脫成人的思維，將詩的定義下放到更廣義的範圍。

媽媽的詩

第一次出版詩集，收到出版社寄來的實體書時，當時三歲多，已能認字的青好奇地翻閱，由於詩集裡寫的並不是童詩，許多內容對小小孩來說並不容易理解，於是，她央求我為她唸詩。

唸著唸著，我總覺得幼小的她應該不是真的感興趣，於是加快速度敷衍，想盡快結束，沒想到她竟聽得津津有味，要我再唸一首、再唸一首。

我驚訝的問她：「妳喜歡哪一首？」

「很多首都喜歡啊。」她篤定的說。

「為什麼你這麼愛聽？」

「因為我愛詩。」青甜甜笑著。

此話從一個三歲小女孩口中說出，是那麼的純真與真誠，令我內心受到小小震撼，此後我便時不時唸我的詩給她聽，她也總是興味盎然的回應我。

弟弟漸漸長大後，也學姐姐湊過來，一起聽我讀詩，即便他表面上不像姐姐那樣熱愛，總是在一旁靜靜地玩著自己的陀螺，雖不如姐姐聽得專心，好奇的小耳朵仍是打得開開的，總是天外飛來一筆，忽然就插進一句，打斷我的朗讀，追問著：這個詞是什麼意思，那句話是什麼意思，展現他強烈的好奇心。

然而，當我偷偷擺放幾本童詩集在孩子專屬的書櫃之中，期待孩子們能主動抽出閱讀，幾天過去，卻發現他們對那些書不聞不問。也曾訂過兒童報紙，翻到童詩版面，讀上頭的詩給孩子聽，雖然也有令他們眼睛一亮的，但大部分的詩，他們仍是興趣缺缺，經常把漫畫版看完，就把報紙一丟。

這是為什麼呢？我困惑不已，孩子們不是熱愛閱讀，不是「愛詩」嗎？帶著一股困惑，我仔細推敲，家中唯一一本他們會主動拿出來看的兒歌集，也是我的作品——莫非，他們只喜歡「媽媽寫的詩」？

我仔細想，或許是我的詩有許多關鍵字彙，與我們家的生活息息相關，充滿我們共享的生活痕跡，又或者其中的某些音律，貼近我平常說話時的語感，令他們感到分外親切吧。

當我唸出我寫的詩：「窗台上的花……」

「開了！」睡前的孩子們眼睛突然瞪大，搶著說，那歡欣又響脆的聲音，真的好似花朵綻放。

孩子們或許愛詩，但他們其實更愛的是「媽媽寫的詩」和「媽媽唸的詩」。只因媽媽寫的作品，更貼近自己的生活，而媽媽唸詩的聲音與陪伴，是那麼的熟悉與溫暖，收穫了「媽媽大全套」的孩子們，因此感到十分幸福吧！

看不懂的詩

孩子們的「愛詩」，總讓我想到成人的「不愛詩」。

好多人問過我：「詩，看不懂怎麼辦？」

我發現，許多人會因為「看不懂詩」，認為自己沒有詩的「慧根」而放棄去讀詩，對我來說，這真是可惜的事。一首詩若令人不解，當然有可能是作者辭不達意，但也有可能是作者刻意透過「隱晦」的文字，創造更大的想像空間，選擇與讀者保持某種「距離的美感」。

或許是我們從小開始，學習語文的過程，都強調「解析」，我們早已習慣讀一篇文章，必須透徹的讀，理解每個詞的意思，不能有一絲含糊；然而，文學的世界不僅止於此，欣賞文學可以有各種角度，尤其面對形式自由的「詩」，有時不見得要求自己「完全懂」，只要「有感覺」就可以了。

寫作者有權選擇風格的走向，作者是自由的，讀者當然也是，享受詩的多重解讀，便能樂在其中，就像年幼的孩子們聽我讀詩，雖未解其意，卻仍聽得津津有味。除非身為學者，有其研究目的，一般人若是斤斤計較於自己解讀一首詩是否正確，花費太多時間去理解一首困擾著自己的詩，讓單純的閱讀樂趣成為負擔，讀詩便失去隨性的樂趣。

最初的詩歌，其實就是一種娛樂，即便它不僅僅是一種娛樂，它帶給讀者更深層的心靈互動，但若是無法達到互動效果，無法從一首詩中取得任何共鳴，那麼我們不妨就像孩子那樣，任性的別過頭去。

但我也相信，有一部分的人，對「詩」懷抱著好奇與好學的心，把解析一首詩當成樂趣，就是「想懂」，想揭開詩的神秘面紗，讓自己更靠近詩一些，若有機會能聽到作者談自己的詩，或是聽專家解析一首詩，這當然也是一種讀詩的好方法。

大學時期的我，每天不間斷地書寫日記、詩與夢境。有一次，室友好奇湊過來，問我寫的這首詩、那首詩是什麼意思，那令我十分驚訝與驚喜，難得有人好奇，我便為她一首接一首「講解」，就那樣我們聊了好久，彷彿進行一場迷你分享會。

我從未想過要對他人「講解」自己的詩，但若有人能因此而懂得如何欣賞詩，並進一步對世界上其他的詩感到興趣，從此更願意讀詩，那麼如此的分享，我想也算是很有意義吧。

也曾有一位朋友向我表示：我寫的詩，他不一定看得懂，但他卻覺得「很有趣」！想想，正是如此，大部分走進美術館裡看展覽的人，都是覺得「有趣」才來，不管看不看得懂，只要「有趣」，其實也就足夠了。

「詩，一定要被讀懂嗎？」我常思考這個問題，好詩、壞詩的標準又在哪裡？相較於其他文類，「詩」確實是個異常獨特的文體，它沒有固定的模樣，它的解讀空間可以很大，正因如此，身為一名讀者，其實完全可以享有選擇讀或不讀，喜歡或不喜歡的權利。

一首詩的「易讀性」，並不能影響我們讀詩的權利，一首詩只要對讀者產生某種神秘的吸引力，讓人想要更深入的探究與親近，或者僅僅是某些詩中的語音，像音樂一般打動我們的心，只要能找到欣賞它的方式，我們就能大方的說出：「我喜歡這首詩！」反之，即便它有多麼享譽文壇，獲得多大的獎項，我們也能自在的說：「我不喜歡這首詩！」

因此，一首詩能不能被理解，或許不是最重要的事，能與讀者產生某種「連結」才是重點，若是讀一首詩，連任何一點點的「連結」都無法形成，那麼我們也就不必去深究，畢竟這世界充滿了詩，不如就將它暫時拋在腦後，往下一首詩邁進吧。

裸體的國王

成人的文學世界，有時候實在是太嚴肅了。

邀請孩子陪我去文學獎頒獎典禮，年紀小時還願意跟，牽著上台去領獎，有點好玩似的，當做一次特別的經驗。只是孩子年紀大一些之後，有了自己的想法，去過幾次頒獎典禮後，便興趣缺缺，不想再去了。

在那樣行禮如儀的場合裡，孩子的存在是不受歡迎的，說來也奇特，有時甚至連標榜「兒童文學」的場域也是如此——要一個孩子正襟危坐，不說話、不移動，「尊重」在場的大人們，對愛玩的孩子們來說，簡直無聊透頂。

那麼大人呢？事實上也差不了多少，只不過大人擅於忍耐，社會化的我們對於「無聊」這件事，常常只覺得是必要之惡，忍過去就好……

但孩子們可不這麼想。

無聊，就是無聊，為什麼要忍耐呢？

家中有一些文學獎獎座，孩子某次好奇說要看，費了點力氣從櫃子深處搬出來，孩子們看完之後，沒什麼反應，一溜煙跑掉了。

頒獎典禮、獎座或是獎牌的存在，對寫作的成人來說是種難得的肯定與榮耀，但對孩子們來說，就是幾塊刻上字的金屬或木頭罷了，一點都不重要。

從孩子的身上，我總是看到最真誠且直接的反應，就像「國王穿新衣」的情節，只有小孩子才敢說出真心話。有時真不得不承認，每一個大人，都是那個裸體的國王，接受外在的稱讚與表揚，享受被眾人簇擁的目光……

對孩子們來說，只有有趣的作品，才是重要的。拿作品給孩子們看，他們會告訴你最赤裸的答案，喜歡或不喜歡，有趣不有趣，當他們閱讀時，臉上的表情會給你最一針見血的答案，雖然不必以他們的意見作為唯一指標，但經常還是能有許多收穫——「啊，原來孩子們是這樣想的啊！」

我曾發表過一篇連載的童話故事，交稿的當下，自己並不是特別滿意，總想要再修正得更有趣一點，直到配上可愛的插圖，刊登出來後，孩子們看了竟相當喜歡，有一陣子，這篇故事還榮登家中「睡前故事排行榜」的前幾名。

後來，又有朋友跟我說，他家裡的孩子也很喜歡那則故事，這令我十分訝異，或許孩子們的心靈是互通的，他們果然有個身為大人的我無法想像的小宇宙。

說來也有趣，大人創作了故事給孩子閱讀，但負責篩選故事的還是大人，或許，有時候也該反過來，讓孩子透過他們的視點，刺激大人們早已僵固的心。

我喜歡唸詩和故事給孩子們聽，更喜歡唸「我寫的」詩和故事給孩子們聽，讓他們擔任我的小評審、小編輯。孩子們直白的批評，對我來說，是最有效的「初審」，因為那肯定是百分百最誠實的評語，而當他們表示喜歡，並說明喜歡的理由時，我更是由衷感到開心。

朗讀恐懼症

「偷偷」寫詩

國高中時，升學壓力與日俱增，每天進入教室，首先面對的就是一張張學科考卷。在那年代，體育課、美術課、家政課等等都搖身一變，成為「休閒課程」，有時甚至將這些課堂時間挪借來進行學科考試。

當時的我，開始對「升學第一」的生活感到厭倦，我在課堂上終日打著瞌

睡，消極逃避著那個我無力撼動的世界。寫詩，或許是當下的我，唯一能做的小小抵抗。

只是寫詩時，偶然被同學發現，便招來驚訝的目光：

「哇！原來你是詩人啊！」

「好厲害喔——可是我看不懂。」

這話題經常就此打住，只留下揮之不去的尷尬。長久以來，這困窘的感覺總令我不自在，彷彿寫詩的自己是那麼不合時宜，甚至覺得……寫詩，似乎是有些可恥的事，看來，還是別被發現的好。

我只好更低調的寫，藏身在課堂角落，將詩句偷渡進入課本的字裡行間。

再大一些，脫離了升學牢籠，我仍寫著詩，然而我聽見的話語，仍多半不抱鼓勵。

「寫作？當興趣就好……」

「還是先找個穩定的工作比較好吧？」

那些話語一再敲進我的腦中，使我無力反駁，它們不自覺的內化，成為我對自己說出的話語，使我不斷陷入巨大的困惑與自我否定。

後來，若非種種機運，讓我糊里糊塗寫到現在，我想我肯定在三十歲以前就會停止寫作了吧。極有可能，某天我終於接受家人遞給我的公務員考試簡章，說不定幸運考上某個公職，又或者就那樣落榜，找個勉強還能接受的工作，就這樣過完接下來的人生……

不過，就那樣放棄寫作的我，往後的人生會不會更好，誰又知道呢？

朗讀恐懼症

寫作很難，但寫作本身卻不是最難的，最難的是突破社會價值觀，以及肯定自己的作品，就這樣傻傻的寫下去——

但我卻做不到。

一直寫詩的我，在某些場合裡，被要求朗讀自己作品時，我往往低頭看稿，草草讀完匆匆下台，長久以來，我一直被這困窘的情緒給困擾，懷疑自己寫的不夠好，不喜歡自己的聲音與長相，擔心他人的種種眼光……

即便只是很短的一首詩，我內心仍然充滿各種自我質疑，儘管書寫時投入所有的感情，一站上台卻完全無法融入自己的詩，斷然的切開詩與自己的關係，專注的在意著自己糟糕透頂的「表演」。

參加某文學獎頒獎典禮時，我坐在台下等待名次公布，心想萬一得到首獎，按照慣例必須上台朗讀，我因為過於焦慮，竟默默祈禱自己千萬別得首獎……

然而，最害怕的事情終究還是發生了——

我慌張的上台，手中捏著稿子，明知那是創作者們求之不得的重要獎項，當下的我卻只是感到無比難堪，腦袋一片空白。要不是後來回頭看當時的錄影，我真的完全忘了自己當時有硬著頭皮完成朗讀，只記得自己說了聲謝謝後，匆匆下台，留下主持人尷尬的不知如何接話。

當時的我，早已不是國高中生，而是年近三十歲，理所當然要社會化的年紀，應該要符合所謂「大人的樣子」，但我卻依然缺乏自信到如此地步，說來實在有些誇張，若是在其他領域，任何一個看起來比文學「正當」的行業，獲得了大獎肯定，不管如何都要到處宣揚，大肆慶祝一番，但當下得到大獎的我卻無法感到榮耀，一心只想躲進沒有人看得見我的地方……

矛盾的是，「寫作」這件事，其實象徵自我表達的慾望，作者將內在的自己透過文字成為作品，作品便與創作者的人格、記憶與經驗連結起來，作品代表著「我」是理所當然之事，只是當我寫出來，卻又恐懼著被人看見那個「真正的自己」。

想要表達，卻又過度害怕被評價的恐懼感深深綑綁著我，造成我在寫作上的不自由，帶著自我懷疑的心理，不太確定的寫下去，一直到我成為母親後，才總算有了破冰的契機。

破冰

就在我張開雙腿，讓產科醫生從我胯下取出孩子的瞬間，我驚訝地想：

「天啊！原來真的可以這樣？」

原來，我的身體真的能夠「生出」一個小孩？那神奇的瞬間，戴在我臉上的「人類面具」一下子被脫掉，腦中瞬間浮現我在網路上看過的母牛生產畫面，那一刻，我驚奇的感受到，自己與世上其他哺乳類動物之間，一股強烈的連結感……

這一切，真的太不可思議。

孩子的降生，激起一場問號的海嘯，那些巨浪不斷衝擊著我，將我逐漸蝕刻成一名所謂的「母親」。我捧著這個全新的身分，日夜應付孩子們的各種所需，再次迎來生命中的第二次價值觀衝擊——身為母親，就該有「母親的樣子」。

我開始揹負許多過去未曾想像過的責任，承受各式各樣的建議與指責，那些聲音，令我經常質疑：自己是不是個「好媽媽」？如果孩子如何如何，一定是我「沒有教好」？

單身時，即便也有突破不了的社會價值觀，但要逃避他人眼光卻相對容易——只要躲起來就好了。然而，一旦身邊有了孩子，有時為了保護孩子，我便必須承受，或者索性無視那些看似好意其實傷人的舉動，沒想到日復一日，膽小怯懦的我，竟鍛鍊出一張厚厚的臉皮。

我漸漸發現，自己好像不再害怕很多事。帶孩子時，與陌生人對話的機會變得很多。在陌生環境為孩子提出各種需求，替闖禍的孩子道歉，當孩子受到他人誤解，硬著頭皮跳出來解釋，當有人批評我的教育方式，我必須在當下選擇接受、對立或是直接忽視……

然而，與人互動中雖不乏衝突，友善的互動卻也不少。

過去我的朋友圈很小，不愛熱鬧的我，從小就有著些許的社交障礙。然而，有了小孩的話題之後，在電梯裡遇見鄰居，和人熱絡的聊起孩子，過往冷漠尷尬的氣氛瞬間解凍。像這樣因孩子的存在，而逐漸拓展與他人的關係，對我來說，可說前所未有。

孩子彷彿帶有某種力量，推著我向前走，令我不斷突破自我。成為母親兩年過後，我終於決定將默默書寫許久的成果出版，但這還不夠，出版社將我推上一場接一場的新書發表會，我不得不一再面對陌生的讀者，以及我最害怕的——朗讀。

第一次朗讀時，我帶著兩歲多的青上台，對台下的觀眾解釋起帶孩子上台的用意（因為有了孩子，我才鼓起勇氣出版云云）事實上，我帶著孩子，最大的目的，其實只是為了讓她陪我上台「壯膽」。

在台上，青撒嬌的挨著我——事實上，我也像是挨著她，從小小的她身上汲取勇氣。我害羞的翻開自己的詩集，首先朗讀一首大約四十行的詩，怯生生讀完後，又接著讀了一首與孩子相關的短詩「媽媽包」。

媽媽包

媽媽包裡
只剩下一丁點空間
足夠放進我自己
我侷促地居住著
騰出大部分的空間給你

我躲起來哭
在那個最小的暗袋裡
把袋子都哭濕了

還弄壞一條乾淨的尿布

你探頭進來看
我將自己藏得更深一些
你又探頭進來看
你說：「媽媽。」
我擦乾眼淚
爬出來

在我讀到詩句「你說」的段落時，我將麥克風遞給當時兩歲左右的青——在家排練時，我們說好，當我唸到這裡的時候，青要接著說出「媽媽」兩字，可惜這天青害羞笑著跑掉了，惹得眾人一陣笑，我只好即興將「妳說：媽媽。」改成「她說：媽媽。」

那當下彷彿有股魔力，孩子的在場，鬆綁了現場原本嚴肅的「文學」氛圍，也將我過去那種上台困窘的感覺一掃而空。我感到前所未有的放鬆，甚至生出一股從未有過的愉悅感覺。更奇妙的是，下台後，有位女性朝我走來，遞了張紙條給我，我太好奇而當面打開紙條，上頭寫著：「我也是兩個孩子的媽媽，我懂你詩裡的黑暗，我懂，我掙扎著。」

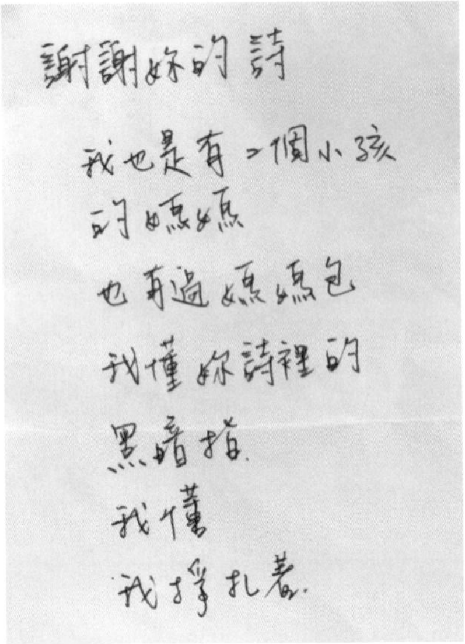
謝謝妳的詩
我也是有兩個小孩
的媽媽
也有過媽媽包
我懂妳詩裡的
黑暗指
我懂
我掙扎著.
台下一位女性遞來的紙條。

一股強烈的力量，促使我上前去擁抱眼前這名陌生人——那是我過往完全不可能做出的舉動——當下我和那名母親，兩個全然陌生的人，眼淚都在眼眶裡打轉。那一刻，我深刻感受到，自己的詩竟能如此進入他人的內心，原來，透過真心的朗讀，一首詩，真的可以將作者與讀者緊密的連結起來！

我的朗讀恐懼瞬間粉碎，擁抱那位媽媽的同時，我也重新擁抱一個全新的概念：朗讀這件事的行為本身，不該是個令人焦慮的「表演」，而應該是一個單純且真心的「分享」啊。

比起其他文學類型，詩的篇幅短，用少少的字就能傳達最感性的事物，因此，詩其實應該是最能接近大眾的，人們的心靈其實需要，也渴望這樣直抵人心的文學形式。

過去的我，不喜歡自己的聲音，我欣賞的是那種微微沙啞的中低音，但我的聲音卻細薄微弱，缺乏力道，總是擔憂聲音被人聽見，擔憂不夠好的自己被人群看見，但在一次次的朗讀歷程中，我終於明白，過去一直最大聲批評著我的那個人，其實正是我自己。

跨過了朗讀的心理障礙，我開始浮現各種與人分享詩的念頭，我想，若能透過一些親切的形式，或許就能讓許多人就此喜歡上「詩」，即便還有好長一段路要走，不過，每每看著孩子聽著詩句而發亮的眼神，我便覺得充滿希望。

生孩子對每個女性來說，都是人生的里程碑。有了孩子之後的人生，彷彿重新洗牌，其中的故事怎麼也說不完，其中，對我影響最大的，或許是我的孩子們，用他們的小手領著我，帶我從此走出那個我默默寫作，黑暗而孤獨的房間。

又簡單，又難

真簡單，好簡單

繪本《野貓軍團做麵包》裡，一群總是異想天開的小野貓胡亂做著麵包，一邊嚷著：「真簡單！好簡單！」沒多久，眼看麵包愈脹愈大，就要撐破烤箱，接著「碰」一聲巨響，整家麵包工廠都被炸開了！荒謬有趣的劇情，讓孩子們愛不釋手。

說到寫詩究竟是簡單，還是困難，我不禁想起那句「真簡單！好簡單！」拿起筆來寫詩，當然是很簡單的，但也有其困難的一面，雖然寫砸了，也不至於「碰」一聲爆炸，但要寫到一個程度，還是得親身去體驗，全心投入那苦樂參半的漫長過程。

不管是偷偷摸摸的寫、光明正大的寫，每個人一生中，或多或少，都曾寫過詩吧？不知道當初的你，是怎麼開始的呢？

是不怎麼甘願，被老師逼著寫的作業？還是某次的怦然心動、痛徹心扉的瞬間，靈感忽然爆發，不寫不快，於是你拿起筆，敲起鍵盤，讓文字從你手中傾瀉而出，嘩啦嘩啦，就這樣，痛快完成了你人生中第一首詩。

寫詩，是種最直接的心情抒發，相較於其他文體，詩的篇幅可長可短，形式不拘，信筆一揮，一首詩於焉完成。廣義來說，每個人其實都是詩人，因為每個人的內在，都存在著與生俱來感性的一面。

大學時，我總是苦無機會遇見寫詩的同好，寫了詩，也找不到可以討論與分享的對象，只能沉浸在自己的世界中，默默孤獨的寫著。即便如此，我和當時的一位朋友，曾有過一次令我印象深刻的「詩」的互動。

有次和他一起搭電車，兩人不知哪來的念頭，忽然玩起了我們自創的文字接龍。

基本規則和一般的文字接龍相仿，先由其中一個人起頭，說出詞語A，另一個人再接著說出另一個詞語B，只不過，常見的文字接龍通常是接續著上一個詞的最後一個字，以此為字首，造出另外一個詞，比方：「如果」↓「果汁」↓「汁液」……

但我們自創的遊戲卻不太一樣，差別在於，A詞與B詞之間，接續的原則並非文字本身，而必須具有相關的詞意，但兩個詞的意思，卻不能「直接」相關，只能「間接」相關。比方說到「流浪漢」，不能接「報紙」，但可以接「油墨」；說到「破布」不能接「剪刀」，但可以接「疤痕」等等。

這奇特的遊戲規則，也許不見得人人能領會，當時的我和友人卻玩得津津有味，從台南一路玩到高雄，過癮極了。即便當下我們什麼也沒多想，只當是個殺時間的遊戲罷了，但那是在限定的文字範圍之中，尋找可能的跳躍邏輯，說起來，簡直就是「詩」的練習啊！

回想起來，當時與我玩這遊戲的友人，肯定也對詩有極高的天分，假以時日，說不定也能成為一名很棒的詩人（只可惜，她對寫作毫不熱衷），或許正因如此，我們才成了無話不談的好友。

後來，我有機會去大學兼課時，試著將這遊戲運用到一堂與「創意發想」有關的課堂上，嘗試和學生們一個個輪流接龍。觀察學生的反應，從能不能實際領略遊戲規則，到他是否對此感興趣，都可約略判斷得出，對方是不是一個有創作天賦的人。

其實，只要有興趣，就能寫詩，作為一種日常抒發，就如繪畫般療癒人心。接著，還必須看一個人是否具有寫作天份，就像天生運動細胞好的人，在初階競賽時，即便未曾受過特別訓練，仍然可以脫穎而出。

然而，寫詩可以漫不經心，訴諸天份與瞬間爆發的靈感，一首驚天動地的詩，就此橫空出世，真可謂一種浪漫，但若是追求嚴謹的寫作，寫一首詩，光是取材與研究資料，就得花上很長一段時間，寫成之後，鑽研其中的文字，有時幾個詞就能斤斤計較一個上午，再讀一次，贅字太多，刪了又刪，不剩幾個字，再繼續「龜毛」下去，整首得要重寫了。

因此，寫詩可以很簡單，也可以很難。

寫詩，真難？

一首寥寥幾句的詩，有時斟酌一整天，沒動幾字，好像很沒效率；比起寫小說或散文，打起字來，噠噠噠噠，看著字數節節攀升，那種成就感，根本無法相比。

寫詩，就是在這短短的篇幅裡打轉，鑽研著如何用短短的文字，把情感深度注入作品裡，讓讀詩的人能藉由文字，體會其中的「深情」。

有個成語說：「一語中的」。寫詩講求用字精確，雖然經常寫詩，終日探索著語詞，我仍常感語詞匱乏，甚至在日常對話中，也常找不到合適的語詞，突然想不起這個詞怎麼說，那個詞是什麼而腦袋卡住。

語言早慧的女兒一歲時就習得許多語詞，兩歲開始認字，她的語言敏感度十分驚人，常跳出來指正大人用錯的語詞，若不立即改正，她便握緊小拳頭，認真的生起氣來。

雖然令人頗為無奈，卻也讓我深思：在她小小的腦內，語詞是不是具有某種秩序性？那是「一個蘿蔔一個坑」的存在嗎？如果將「蘿蔔」放錯了「坑」，她是不是就覺得渾身不對勁？

這年紀的孩子，原本就有種對「秩序」的偏執，經常表現在「物品」的排列上。他們往往堅持，某個玩具就得放在某個固定的地方，萬一不小心放錯，或是擺錯了方向，小小的地雷就會一觸即發。

我好奇的是，難道「語言」的錯置，對孩子來說，也有類似的現象嗎？對青來說，語言是否也像玩具一樣，得有一定的秩序與精確的邏輯，如此，才得以在她腦中順利運轉？

這讓我不禁聯想到詩人對待文字的嚴謹態度。確實在寫詩時，語言的精確性是極為重要的，類似的語詞或組合，表面上看起來意思雖然差不多，但仔細深究的話，卻可能有截然不同的指涉與效果。

舉例來說，風「穿過葉尖」和「穿過葉間」，雖然只差一個字，卻有著截然不同的效果。

即便沒有其他的句子（前後文）輔助，我們仍能初步的分析出，前者可能是一陣小小的微風，安安靜靜的吹拂過一片葉子的葉尖，如果以攝影鏡頭來說的話，可能比較接近「特寫」；而後者則是一道比較強的風，從眾多葉片之間穿梭而過，鏡位稍微拉遠一些，令我們看見一整叢的葉片，被一道風熱鬧的吹響。

語言的魔鬼藏在細節裡，我猜想或許女兒在很小的時候，便明白這道理，面對輕忽的使用語言的大人們，便無法輕易苟同，漸漸長大後的她，對語言仍舊敏感，雖已不像幼小時那樣暴跳如雷，卻仍常挑出大人（或是書本中）的語病。這樣的她，總是提醒著我，寫作時對文字的選擇，必須更加細緻，對詩中的每個文字，必得抱持敬意。

寫詩的難處還有很多，除了精確的用詞，還得顧及語詞的音樂性、句子的鋪排、意象經營等等，但這都是技術面的難，靠著長期的書寫練習，累積大量經驗，便能一一克服，對我來說，最難的，也許是「突破現狀」。

每隔一段時間，我便發現，自己慣用的語詞、想過的題材都不自覺重複，不免慌張自問：「難道是江郎才盡？」這卡關時刻，也許是寫過三百首詩之後，也許，是五百首詩之後，每個人狀況不盡相同，但這麼一天，總是要到來。

在密集育兒的那段日子裡，我著實卡了一個很大的關。在那整整四年內，書寫的時間變得十分瑣碎，腦袋裡充塞的都是孩子的事，於是，除了與孩子相關的詩，提起筆來，我竟無法書寫任何題材，我常情緒低迷的想：

「這樣的狀況還要持續多久？」

「我這輩子，就只能寫育兒詩了嗎？」

「什麼時候我才能脫離現狀，回到一個人安安靜靜寫作的狀態？」

那真是一段相當掙扎的日子，彷彿用盡全力抬腿向前，任憑各種自責與焦慮每天襲來──只是，能寫總比不寫好，結果，我竟寫了一百多首育兒詩，出了一整本的育兒詩集，這樣的結果，真是怎麼也想像不到。

育兒的生活狀態，雖然暫時封閉了過去我寫詩的那扇門，卻為我開了另一道嶄新的大門。幸好，我原本就對孩子的語言十分著迷，在孩子哭鬧尖叫之外的那些和平時刻裡，與他們對話、思想激盪的過程中，我幸運的撿拾到許多語言的珍珠，一顆顆閃亮亮的，串成我未來重要的文學養分。

育兒期間所寫的日記。

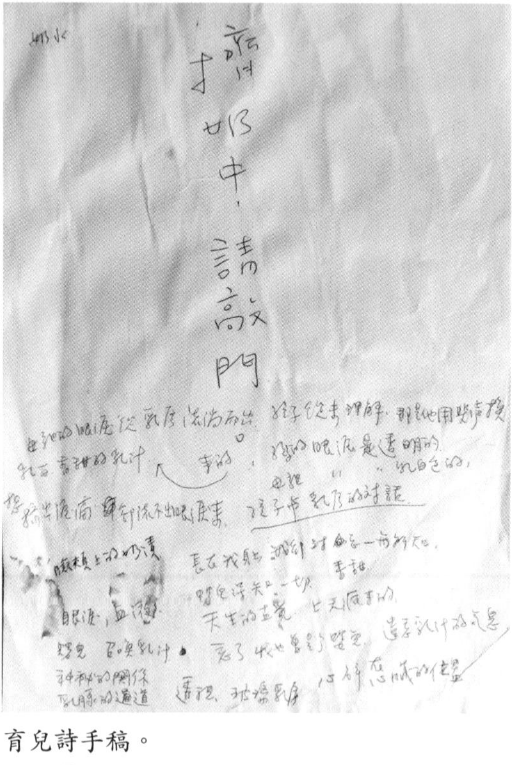

育兒詩手稿。
（用「坐月子」時，貼在門上的紙條來寫。）

剪詩

「詩是什麼？」

孩子們在每個不以為意的片刻，說著自己想說的話，做自己想做的事，一天天若無其事的長大著，但母親的目光與心，卻無時無刻都和孩子們緊緊相繫。

我常想，當他們長大後，必然無法想像，自己是如何影響著母親，他們總在無意間，教給我許多「詩」，也教給我許多「事」，雖非有意為之，卻一再顛覆

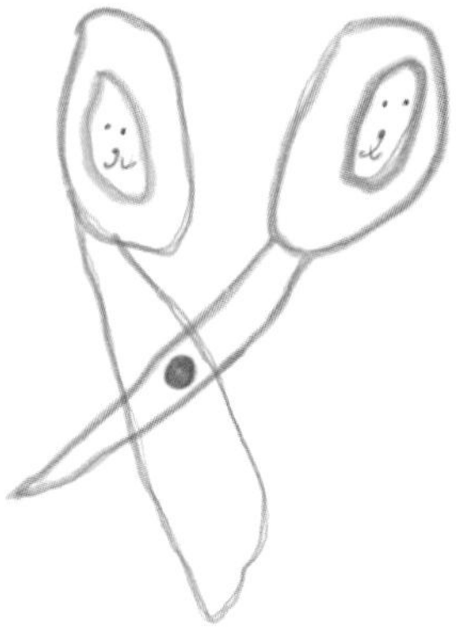

我的世界，使我重新思考著詩與人生的種種課題。

寫詩多年，一直找不到出書的理由，直到有了孩子，我心想：「連『生小孩』這麼重大的事我都經歷過了，出書，有什麼好怕的？」

籌備第一本詩集時，苦思不著書名，朋友提議：何不用孩子的童言童語來作為書名呢？我心想，是啊，孩子的語言，不就像詩一樣嗎？我的腦中不禁浮現，青一歲多時，曾說過一次令我印象深刻的話語。

有天，她在床上不斷重複「站起來」、「躺下去」的動作，已很會說話的她，突然脫口說出：「坐著是鳳梨，站著是瀑布，躺下去是魚兒冰塊」，接著，又說了好幾個不同版本的「站起來是〇〇」、「躺下去是××」。

我將那些話語揀選、重組，最後，索性將書名訂為：「站起來是瀑布，躺下是魚兒冰塊」。

就連一歲多的孩子都能脫口而出詩一般的語言，那麼，究竟什麼是詩？

一直寫著詩的我，從未認真思考過這個問題。每當被如此追問，我總是手足

將書名「站起來是瀑布，躺下是魚兒冰塊」貼在落地窗上。

陽光將書名稀落的投影在地面上。

無措，找不到一個夠好的解釋。有天，我將這個棘手的問題拋給孩子。

「妳覺得，什麼是詩？什麼是歌？」

「詩就是用『講』的；歌就是用『唱』的。」四歲的青不假思索的說。

「那如果用講的，可是『很順』（有押韻）的話……那還是詩嗎？」

「詩歌！」

孩子的快問快答，令我十分吃驚。

孩子們的世界缺乏界線，他們對世界有著混沌的認知，一天到晚纏著大人問「為什麼」，但面對許多連大人都感到艱難的問題時，卻又能毫不遲疑地回答，彷彿答案就在眼前，是我們大人自己看不見。

在青與雪的世界裡，「詩」是如此自然的存在，寫詩、讀詩是他們的日常，毫無彆扭。有時我即興編一些順口溜，問他們：喜歡嗎？但我卻發現，若只是押韻，仍無法令他們滿意。

「這句『不順』，因為『沒意思』！」

孩子們把下巴抬得高高的，用他們特有的標準，批改著我的「詩」。

確實是如此。我反省著某次，為了撰寫注音兒歌，我匯整出一本幼兒常用字的韻腳大全，發現只要照著上面的韻腳，怎麼寫都可以達到唸起來「很順」的效果，只是，若是內涵空洞，一首詩再怎麼押韻，讀來也只是了無生趣。

「詩是什麼？」

這些年，我再問自己。

詩的定義本是開放、寬廣的，讀者或作者可隨個人主觀喜好，增減「詩」定義的篇幅，一個詩人的「詩觀」，也總是隨著時間不斷轉變，正是因為詩具有如此的自由度，詩才成為了詩。

成為母親之後，我才終於稍稍能夠回答這個大哉問——或許，詩就是生活本身，詩是與人溝通、交流，是我必須不斷練習與摸索，直到最後一刻，一種近似於人生哲學的存在吧。

詩就是生活本身

上幼兒園的孩子們，脫離了嬰兒車，每天靠自己的力量，邁開大步上學去，雖然有時也免不了賭氣，但大多時候，沿途的聊天，指認路邊的植物，對我來說是詩意滿滿的一段回憶。

懷孕時，我也常帶著腹中的孩子，與丈夫一同在田間散步，拿著雜草圖鑑，沿途辨認野花野草，當時認植物的速度極慢，也很容易就遺忘植物的名字，但孩子們出生後，與他們一起觀察植物的過程，卻是歷歷在目。

事實上，在成為母親之前，我不但對大多數植物一無所知，甚至也毫無興趣，完全是在有了孩子後，我才真正開始懂得欣賞路邊的植物，成排的路樹、大大小小的盆栽，以及那些從磚牆、水泥縫中長出的野花野草……孩子們是天生的觀察家，抱著對萬物強烈的好奇心，總好奇問我：這是什麼？那是什麼？這個有毒嗎？那個可以吃嗎？

除了辨認植物，其實我更喜歡的，是和孩子們一起為植物命名。

鬼針草總將刺人的種子沾附於褲腳，散播種子的方式雖不討喜，卻會開出可愛的小花，青喜歡那小巧的黃色花朵，便以自己的名字，為它取名為「踏青花」。

路邊常見一種禾本科的不知名野草，一條一條的綠色絨毛，像探出草叢的狗尾巴，就叫它「綠狗尾巴草」吧！

看見人行道上，種植在花圃中的馬纓丹，小小的花像彩色星星，一圈圈的環狀花序，宛如一座座迷你摩天輪，從此，我們喚它「摩天輪花」……

最初，萬物都還沒有名字的時候，是誰首先給了它們命名？

在孩子的心中，萬物一開始也都是沒有名字的，透過命名，孩子們得以指認事物，與事物之間產生更深一層的連結。就像為自己的孩子或者寵物命名，從有了名字的那一瞬間開始，就從此對他產生感情。

因為語言，我們得以為萬物命名，使我們與萬物之間，有了更深厚的交流，因為語言的層層鋪展，情感獲得延伸與遞增，在流動的過程中，產生輕輕的撞擊，引爆一首又一首的小詩。

孩子是如何習得了語言？語言學家或許已探究了許多，那麼，孩子是如何習得了詩？

雖然常是即興為之，我仍常自我回顧，細數我和孩子之間種種與詩有關的互動，檢索他們每個因為看見詩而眼神發亮的時刻，孩子們彷彿不斷找到語言的寶石，但並非只是將那些寶石放在架上展示，而是收進語言的抽屜裡，然後在某一次，某個再平常不過的時刻，不假思索的從抽屜裡取出，放射光芒萬丈的語言魔法。

原本就有著語言天分的孩子，或許加上我積極的語言互動，很快便學會了說話與寫字，然而，更重要的是，讓孩子們從小就不斷接觸、感受生活中的「詩」，跑過廣場，走過斑馬線，在熟悉的日常風景裡，看各種不知名的花朵陸續綻放，體驗生命中各種小小的美好感覺——我更希望將這樣的想法傳遞給他們。

至今我仍覺得，成為母親，生下孩子，全都像一場幻夢，隔天一覺醒來，卻發現沉睡中的孩子們肌膚與髮絲的觸感，溫暖起伏的呼吸，都真實存在於我眼前，伸手觸碰時，赫然發現，自己手背上的紋路，不知在什麼時候，竟變得如此繁複，那個我曾推著嬰兒車，一步步摸索而走過的錯綜迷宮，就這樣深深銘刻在我的肌膚上，成為永久的紀念品。

剪詩

孩子們總是一再挑戰我的底限，讓我尋找各種方法，不斷突破自己僵固的腦袋，破解眼前的各種難關，從此我更加清楚自己生命的輪廓，進而以不同的眼光，面對自己的人生與寫作。

我想起一個象徵性十分強烈的事件，那是在青三、四歲時，有天，喧鬧的家中一反常態，突然變得好安靜，我從廚房好奇探向客廳，只見青正靜靜的站在勞作桌前，我問向她：

「妳在幹嘛呀？」

「我在『剪詩』啊！」

我走近一看，青拿著剪刀，正一刀一刀剪碎我棄置的詩稿，我看著自己寫的詩就此被拆解、破壞，在女兒天真的雙手之間，成為再也無法辨認的語言碎片……我真好奇能認字的她，在「剪詩」的過程中，不知想著什麼？

一首詩存在的意義究竟為何？詩人存在的意義是什麼？我在成為母親之後，才開始深深思索這些問題，要是我沒有生下兩個孩子，這些問題，將在什麼時候才能獲得解答呢？它是否將永遠困惑著我？

我一直以為，孩子都是父母有意塑造出來的模樣，然而天真的孩子們，不也是逐日影響著自己的父母嗎？

聽著剪刀裁切紙張，咖嚓、咖嚓的聲響，我忽然理解到，或許孩子本身就像是一把大剪刀，一刀一刀，剪去我身上陳舊而多餘的葉片，原本被遮蔽的視線逐漸明朗，季節過去，經歷風雨和陽光，在我身上，那被修剪過後的枝條末端，重新生長出一片片細小的嫩葉。

國家圖書館出版品預行編目（CIP）資料

青雪踏踏——孩子們的日常詩想 / 游書珣著 . -- 初版 .
-- 新北市 : 斑馬線出版社 , 2022.12
面； 公分

ISBN 978-626-96854-0-0（平裝）

863.55 111018837

青雪踏踏——孩子們的日常詩想

作　　者：游書珣
內文插圖：游書珣、YUKI
總 編 輯：施榮華

發 行 人：張仰賢
社　　長：許　赫
出 版 者：斑馬線文庫有限公司
法律顧問：林仟雯律師

指導贊助：本書由桃園市立圖書館補助出版
桃園市立圖書館 TAOYUAN PUBLIC LIBRARY

斑馬線文庫
通訊地址：234 新北市永和區民光街 20 巷 7 號 1 樓
連絡電話：0922542983

製版印刷：龍虎電腦排版股份有限公司
出版日期：2022 年 12 月
I S B N：978-626-96854-0-0
定　　價：320 元

版權所有，翻印必究
本書如有破損，缺頁，裝訂錯誤，請寄回更換。

本書封面採 FSC 認證用紙　本書印刷採環保油墨